人魚能不能上岸

李笒——著

推薦序／遇見聰慧的小美人魚

文／沈惠如（東吳大學中文系副教授）

第一次遇到李筌，是在課堂上，被她慧黠的大眼睛吸引，在當今大學課堂上，要看到那一雙專注的眼神實屬不易。果然，學科成績證明了這個大眼女孩確實伶俐聰慧，不久後，我們有了更進一步的接觸：她找我指導科技部大專生研究計畫，在往復討論的過程中，我們不只聊計畫，還聊生活、聊家庭、聊未來、聊創作……對，就是在聊創作時，她那水靈的大眼睛幾乎是瞬間射出光芒，當時我就知道，創作肯定是她此生的最愛。果然，那一年她拿下了雙溪現代文學獎，同時，科技部大專生研究計畫也通過了。

研究和創作，看似兩條不同的路徑，但對李筌來說是一樣的。怎麼說呢？因為，她是用學術研究的態度和方法在創作。她對於甚麼是小說？小說該怎麼寫？意象如何堆疊？情節如何構築？早已研究透徹，了然於胸，因此出手就是佳作，再加上她對家庭、對未來都有精準的觀察與規劃，因此寫作絕非無病呻吟或故作姿態，那種冷靜、犀利超越年齡，筆觸俐落、幹練也似飽經風霜，讀來深刻動人。

就拿這本《人魚能不能上岸》來說，很明顯的，在結構安排上就有「大師」手痕，布局緊密，穿插巧妙，看似多頭發展，卻在三分之一處串聯，串聯之後開始另一波懸疑與高潮，讀者不會因為明白了人物關係而失去興味，反而開啟另一個腦洞，並陷溺其中無法自拔。這非常符合電影三幕劇的手法，可以看出李筊深諳小說戲劇結構的原理，緊緊抓住讀者心。而細讀內容，又會發現其中涵蓋了校園霸凌、性別議題、親子關係、法律層面，更重要的是潛水運動的相關知識，以及亞特蘭提斯的意象解讀。雖是小小年紀，但其中細節顯然經過精心考證，各個年齡層和身分別的人物心理都洞悉詳盡，而夢境和魔幻寫實的穿插，讓這篇小說更具畫面感和想像空間，增添反覆咀嚼的可讀性。

其實，李筊本人就像一條小美人魚，跟她相處，你會發現她有飛躍的思緒、快捷的語速、敏銳的觀察力，以及不同於流俗的思維。出身中文系，卻不以溫柔敦厚的形象自居；對政治相關學理很有興趣，卻又不會一味咄咄逼人，她就是這樣集理性感性於一身，你永遠摸不透她在想甚麼，卻又覺得她完全通透事理。指導她寫作（包括創作和學術論文），很有成就感，因為她一點就通，不必多費唇舌，在創作的瀚海中，她優遊自得，放任她遠颺，仍會不時回過頭來吸收養分。在可愛俏皮的面容下，擁有一顆獨立強韌的心，忍不住疼惜呵護的同時，她又划向海的深處。

欣見李等第一部中篇小說問世，希望在學術、創作的探索中，她會不斷有所斬獲，並找到心中的亞特蘭提斯，看見最美風景。

作者自序

因為作者任性，自序內含劇透，建議看完故事再回頭看。

我常說自己最大的願望並不是出書，而是希望故事能被更多人看到，但出書顯然是一個極具意義又有效的途徑。

此作從發想到出版，一路上要感謝的人實在太多了。當初，恩師惠如予以我機會參與編劇實習，故事的雛形因而誕生。幾年後，恩師告知我文化部補助案的消息，我才能及時把握機會。

為了讓敘述貼近現實，我除了學習水肺潛水，也仰賴周遭的人們提供專業知識。從學校體制、開車習慣、相關法規，甚至警方辦案的流程與方法，這些細節都仰賴各方的分享知識。很感謝龍洞灣海洋公園的教練們、法扶律師以及派出所員警，耐心回覆我各種莫名其妙的問題。尤其感謝噗浪上接受我採訪的網友們，領我了解女裝者世界。因為他們與我分享經驗，讓我深入取材，我才能把潘崇文寫得如此立體。

眾多貴人中，我要特別感謝新北詹小姐、新竹黃先生、高雄洪小姐。他們一直以來都非常相信我的能力，支持我持續創作。已故作家李維菁也是我的精神支柱，她曾說過她喜歡我的文字，也告訴我「創作這條路上不缺新人，而是能持之以恆的人」。我因而決定：完成一部作品的那天，我一定要第一個通知她，讓她知道她的那番話惠我良多。可惜，事實殘酷，維菁老師已經離開。我還記得，得知消息的那天，文化部補助案的結果還沒放榜，我的心中破了一個洞，留下遺憾。

其後，我得到補助，持續創作，卻只能把創作的進展化作每一次的禱詞：老師，我還有在創作，還得到了補助喔。老師，我快寫完了，我作了很多功課，真想讓祢看看。老師，我投稿不順利，今年沒有什麼進展，真的很抱歉……

而今，秀威出版社與編輯齊安予以我機會，我終於可以說：老師，我出書了，這是我的第一本書，我以後還會繼續努力創作。

感性的東西就到這，接下來說一下創作理念與設定。

此故事原型是白凜事件，為求融合多種社會議題，情節與事實有所出入。本作核心主題雖是「性向」，主角的設定卻與白凜有所出入。

白凜是跨性別者，而潘崇文是異性戀女裝者，有性傾向的認同障礙。生理性別、性別認同與性傾向是不同的。生理性別依生殖器、性徵決定，例如男、女，或是雙性；性別認同則是自己主觀認同的性別，二者衝突便會有靈魂裝錯身體的感覺，有些人為了變成自己認同的性別，會進行手術，使生理性別符合性別認同。

根據資料僅能知道白凜的生理性別是跨性別者，性別認同很有可能是女性，無法知道其性傾向。多方考量後，我決定保留其雄雌難辨的特色，強化性別不安的狀況，終而選擇異性戀女裝者作為設定。

不過，並非所有的異性戀女裝者都會性別不安。我所採訪的異性戀女裝者最晚在國中，就能清楚自己的性傾向。由此可知，潘崇文的狀況是少數。生理男穿女裝本就是複雜的議題，無法確知性傾向的潘崇文更容易產生劇烈不安。

現今作品多以同性戀女裝者為主，但異性戀女裝與同性戀女裝並不相同。異性戀女裝可視為裝扮偏好，正如同生理女可以選擇短髮、長褲，以及其他刻板印象中的男裝，生理男理當擁有平等權利，可以留長髮、穿裙裝等，兩者沒有不同。

現今社會不是模板般的異性戀都會落人口舌，距離真正的性平還有一段路要走。這也是我將潘崇文設定為異性戀女裝者的原因之一。

關於地點，白凜是登山天才，潘崇文則是潛水天才。取得潛水證照過程中，我蒐得不少資料。了解現今潛水活動越發盛行，但許多人未受訓就急於下水，最終發生意外，海洋生態保育也是一大問題。故事中，對此有相關劇情。

而主要場景設定在臺東是取之隱蔽性高，順理成章創造秘境。故事地點多有原型，唯獨潘崇文帶陳紫潔去的秘境是虛構的，一方面凸顯潘崇文對海域得熟悉，就文學來說，那是潘崇文的淨土也是其內心。

以上便是我一些感想與說明，希望有助於大家更享受這個故事。

Content

目次

序章

海浪湧起，輕輕地跑上沙灘又默默退回。歷經淘選與堆積，岸上的鵝卵石和礫砂被整理得井然有序，一條條如跑道般平行海洋。一對夫妻各踏在自己腳下的那條礫砂走道，他們的女兒笑得燦爛，仗著雙手有父母牽著，在鵝卵石道上放肆跑跳。

他們的前方也是一個小家庭，雖然擁擠，這對夫妻仍比肩走在同一條礫砂路上，他們的兒子走在其後。小手緊拉著母親的衣角，皺著眉頭，咕噥抱怨砂子路會凹陷。男童父親回首鼓勵：「兒子，這就是真正的海灘，感受一下，有些東西是教室裡學不到的。」母親盯著眼前的情侶，暗自估算像他們這樣自帶裝備可以省多少錢。

熱愛水上活動的情侶全副武裝，緊跟在教練身後，雖說是考量安全才跟團，但主因還是兩人租船出海費用昂貴。兩人不停與教練攀談，從海象問到物價，又從物價問到薪資，唯一能打斷他們的只有大浪碎裂在岩石的聲響，但這一路走來只發生過一次。

「話說回來，教練，今天這樣算是好天氣嗎？會不會太熱？」男人見女友額頭冒汗，才察覺今日風浪不大。

「晴朗無風的日子最適合潛水了，今天能見度很高，你們真的很幸運。」Peter微笑回答，引導三組遊客走上船。

船身微微晃動，平穩前進。小孩夾在父母中間，女孩踢著蛙鞋，發出沉沉的啪啪聲，男孩脫掉蛙鞋，掏了掏鞋內，後來乾脆敲打鞋底，努力把沙子倒乾淨。

那對情侶搶到教練對面的位置，男人拿著GoPro5沿途拍攝，目光游移在實景與螢幕之間。身旁的女人本來興致勃勃的賞景，可他們上個月去才去巴拉望，與之相比，臺東的景色不夠吸引她。她實在無聊，轉回頭，又想拉著教練聊天。

一看到教練，她不禁合上嘴。Peter盯著海面，微笑只剩淺淺的弧，那雙眼一直被笑容撐彎她沒注意，其實，Peter眼睛明亮好看。或許是眼神太過柔和，倚身船邊的Peter顯得毫無妨備，如躺坐在沙發上愜意。精壯的身材被防寒衣裹著更加纖細，那身段越看越嫵媚。

女人確實覺得教練眉清目秀，可是，直到剛才為止，都沒察覺他身上有這種氣息。防寒衣逼得汗水沿著臉龐滑落，微風拂過，涼意把女人拉回現實。她有些羞赧，趕緊把目光收回，心虛的用餘光查看四周，確定沒有人發現自己盯著教練許久。這時，Peter正好轉頭，雙眼再次彎曲。

那抹柔和頓時消失，引擎聲隨之戛然而止。女人有些錯愕，難道是自己熱昏了頭？教練可是男人。

「兩位是直接跟老闆談好要自行活動，沒錯吧？」Peter微笑問道，轉頭確認船夫已經架好梯子，又道：「兩位可以先下去了，小心不要踩空。另外，也請兩位注意安全，不要離開我們太遠。」

語氣雖有所起伏，也對上那對情侶的眼睛，但語速明顯增快了一些。這是服務業常有的壞習慣，每次面對客人都要重複一次臺詞，不覺間就會如此。和其他同事或餐飲業服務生那種平板的語調相比，Peter已經好很多了。

只是，女人見過教練放鬆的模樣，現在這種業務笑容及語調有種違和感。男人絲毫沒有察覺，應了聲，俐落下船，從女友手上接過GoPro5就自顧自的游走。

女人心裡很不是滋味，她第一次察覺男友不是率真，是粗魯不體貼。微慍的下水後，女人才想起自己本來打算裝作不知所措，好麻煩教練牽著自己下船。她更悶了，看男友也不在乎她這個潛伴，索性賭氣不去找男友，在船邊載浮載沉，看著同行的兩組家庭。

「救生圈放好了，請爸爸媽媽先下水，小孩子才會比較不會怕唷！」Peter提醒道。

小女孩的父母先下水，其後，小女孩面對父母，一手牽著教練，一手慢慢爬梯，直到成功下船，被母親牽到身邊。

「謝謝！」

女孩笑得燦爛可愛，Peter面不改色，回了句不客氣。確定女孩抓穩救生圈後，小男孩的父母也依序入水，唯獨男孩怎麼也不願下船。

「你剛剛練習不是沒問題嗎？就只是換地方而已，有游泳圈，怕什麼？」男孩父親道。他語帶責備，倒不是因為孩子任性，而是這種水上活動有時間限制，兒子這樣是在浪費別人的時間。

可小孩哪管這些，小男孩別過頭無視父親。母親見狀趕緊向小女孩一家人賠不是。Peter曲背蹲下，依舊微笑，問道：「小弟弟，你討厭海嗎？因為很冷、很鹹嗎？」

「不是。」小男孩搖頭，說：「只是有點怕，這裡跟剛才不一樣……看不到底也看不到岸邊……」

男孩眼神飄移，不停摳弄指頭，緊張而害怕。這種臨陣退卻的小孩，Peter見多了，他輕聲問道：「那我們先不下水，你陪我聊天。可是，你要先告訴我，喜歡海嗎？像我就很喜歡喔！」

「喜歡！」小男孩一聽不用下水放鬆不少，連回答都比較有精神，越說越多。「我以前都是看電視和書，剛剛練習看到真的，比那些更漂亮！魚跟珊瑚礁都是！」

「喔！看來你是真的喜歡。」Peter笑得眼睛瞇了，這是他今天第一個露出牙齒的笑顏，接著說：「我跟你說唷！這些還不是最漂亮的，海底一個叫做亞特蘭提斯的王國，亞特蘭提斯是海底最美麗的地方。」

「真的嗎？它在哪裡？就在下面嗎？」小男孩興奮地抓住Peter的手問道，眼底倒映著Peter的笑容。

Peter搖了搖頭，淺笑道：「我也還在找，不過，亞特蘭提斯在深海耶！你會不會害怕？」

小男孩一聽立刻搖頭說不怕了，Peter笑道：「這樣呀！那你常常接觸海洋的話，說不定有天就會發現囉！」

「可是……」

小男孩欲言又止，瞥了父親一眼，眼底透出懊悔與擔憂。剛剛緊張又害怕，父親卻顧著逼他，才會迴避父親。現在，他不怕海水，倒怕起父親了。之前發生過相似的情況，小男孩自知回去大概要受罰了，越想越無助，而船邊的父親越看越像海獸。

「如果你現在下去，爸爸會很高興，絕對不會生氣的，對吧？」

Peter一邊說著，一邊望向男孩父親。男孩父親連忙答應，他不想再繼續造成他人困擾了。

女人看得清楚，教練轉頭後變回那張業務笑容。是因為他喜歡小孩嗎？不，剛才他並沒有對女孩這樣。難道，他喜歡小男孩？女人忍不住輕聲驚呼，搖了搖頭，嘲笑自己的想法過頭且失禮。

穿著救生衣，六個浮潛遊客將自己交付大海，面鏡所及的視線內，各色珊瑚礁的形狀多樣固然動人吸睛，可幾乎看不到魚。男孩容易滿足，與岸邊不同的景色使他驚喜得睜大雙眼，盡可能的搜索魚的蹤跡。男孩身旁，母親暗自懷疑業者。當初說岸邊看不太到景色才搭船離開沿岸，可是魚比剛才練習看到的還少。

一一確認遊客姿勢及狀況後，Peter立直身體，接住船夫拋來的塑膠袋，從袋中捏了一塊麵包握在手中。帶著一抹淺笑，Peter全身放鬆，慢慢呼吸幾次，趴在水面上稍稍游動。緊接著，雙手緩緩垂下，摺腰躬背，頭與身軀接連隨著重力下潛，雙腳上抬後筆直沒入水中，水面只留下一圈圈的波紋。從側邊看來就像一條水蛇輕甩身體，優雅的潛回到水中。

「這個躬身下潛！」

女人驚艷得呆愣原地。躬身下潛是以下彎的力量與核心肌群帶動身體，利用自身重量幫助下潛，若沒有大量練習不可能一派輕鬆又不濺起水花。剛才巴著教練問了許多事情，卻沒想到他不只會浮潛，連自由潛水都懂。這麼一想，老闆確實有說這名教練是店內最專業的，原來不是唬嚨人。

心一喜，女人也潛入水中。

水面之下一片湛藍，Peter正好游到浮潛遊客的正下方，又回游打直身體。女人清楚教練僅僅是漂浮其中，但仍有種錯覺，彷彿繽紛的海景正擁簇教練優美的身段，也在她腦海中暈染出維納斯畫像。

Peter輕揮手臂，左下至右上划出一道弧線，同時，指腹與掌心摩擦。手逐漸伸展高舉，麵包屑沿途飄下，最終，將僅剩的麵包屑往上用力一灑。碎屑綻放飄散，魚群從四面八方聞香而來。女人無法用言語形容這一幕有多美多動人，而浮潛遊客們的目光被魚群帶走，各個都盡其所能的伸長手臂，卻無法觸及那些魚。旁觀者清，此時此刻，只有教練能碰觸這些海底生物。

眾人享受之際，教練游出海面換氣，又游到眾人右方。忽然，他招手吸引注意，又指向右下方。那裡有一隻生物，身影逐漸清晰，是一隻赤蠵龜。練習時，教練說過海龜不常在臺東海岸出沒，遇上了也不可以碰觸，會被罰錢。有幸巧遇實在令人激動，幾個人含著呼吸管，混著鼻音，興奮地發出嗚嗚聲。

赤蠵龜游至小男孩下方，即將離開眾人視線。小男孩伸長手臂，向牠揮手告別。豈料，赤蠵龜竟然開始上升，緩慢，卻不偏不倚的接近小男孩，理所當然又令人難以置信的，赤蠵龜背起男孩。

男孩興奮但不敢亂動，笑容扯動顏面肌肉，面鏡無法完全貼合，滲進一些水。視線變得模糊，但雙手以及防寒衣下的肌膚仍然可以清楚感受堅硬的龜殼。赤蠵龜沒有久留，不到五秒便下潛離開。

「那隻海龜剛才應該是要浮上水面換氣，結果碰到了你。」

回程，Peter解釋剛才的奇遇。小男孩裹著大毛巾黏在教練身邊，有些失望，問道：「原來我只是擋到他了嗎？」

「這不一定，可能牠就是想在換氣前跟你玩呀！」Peter這句話顯然在哄小孩，卻十分有效。小男孩點點頭，滿足的笑了，吵著教練告訴他更多亞特蘭提斯的事情。一提到亞特蘭提斯，教練再次笑得露出牙齒，向小男孩分享自己知道的消息。

女人一直看著，她已經不在乎教練是否會發現，應該說，她認為教練早就發現了，既然對方不表示反感，那她也無須遮遮掩掩。

「怎麼笑得這麼開心？」身旁的男人問道，他剛檢查完今天的拍攝內容。

「你不覺得很可愛嗎？」女人頭也不轉的回答。男人看向對面，意外道：「妳什麼時候喜歡小孩了？是不是想跟我結婚了？」

女人笑而不答，反問道：「你覺得真的有亞特蘭提斯嗎？」

「想也知道是騙人的。」

「我想也是。」女人指的是男人的反應，他對這種事總是不以為然。

回到岸邊，男人沒有責怪女友放他一人，只急著炫耀自己看到的海景。「還好我有用GoPro拍下來。」這是男人第十次說這句話，但展示的畫面大多模糊，或是不明所以的傾斜四十五度。翻著檔案，假裝欣賞男友的作品，女人更加確定，沒有三軸穩定器，男友根本不會照相。

她終於翻到底了，畫面停在背光的潛店招牌。

店裡的更衣室不多，兩個孩子和情侶先去換裝，兩組家長趁機圍住教練。

「你皮膚這麼白又這麼瘦，我還以為你經驗少，沒想到你一次可以潛這麼深。」女孩的父親說著，自認為是誇獎。他老婆皺了眉頭，轉移話題：「你做這行多久啦？看你很會哄小孩耶！年紀輕輕真不簡單。」

「也就幾年而已，潛水也是玩票性質的。」

「這次真的很感謝你啊！」男孩母親說：「每次那孩子耍脾氣我們都不知道該怎麼辦。剛才真不好意思，耽誤大家的時間。」

「不會啦！小孩子嘛！」女孩母親客氣回道，又捧一次教練：「教練，你用亞特蘭提斯的故事哄小孩真的很聰明。小孩子都喜歡這種虛構的傳說故事。」

拉門聲打斷了對話，男孩換好衣服走向父母。尷尬一瞬間籠罩大人們，每個人或多或少都有些心虛，足以讓他們暫時說不出話來。小男孩也被尷尬傳染，臉上滿是疑惑。沒人確定小男孩聽見什麼，只有Peter望著小男孩，露出淺笑，道：「亞特蘭提斯當然是真的。」

小男孩一聽露出笑顏，眾人也鬆了一口氣。男孩父母上前陪伴兒子，女孩的父母掛上意味深長的笑容，他們不認為這名教練只做了幾年，他太會做人了。
不久後，另一名教練John抵達店裡，不斷尋找Peter卻不見人影，只好去找船夫。
「志明哥，Peter呢？」John站在船邊發問。船夫正在洗船，頭也沒抬便回：「他下班啦！他每次下班就跑不見人，我也不知道他去哪。」
「他櫃子還鎖著，是不是又跑去哪游泳了？」
「可能吧！他那麼喜歡海。你等一下不是有團嗎？找他幹嘛？」船夫回答。
「沒啦！老闆說他有自潛教練證，我想跟他學而已。」
船夫放下手邊的東西，嚴肅問道：「你到底想潛多深？Peter不是說自潛潛太深是在玩命嗎？」
John有些尷尬，心虛的說：「嗯……對啦！他說他自己想玩命，但不想教別人玩命」
「那你還一直吵他。」船夫無奈的說。
「什麼吵他，這叫三顧茅廬！」
John說完便往店的方向走了。話雖如此，這已經是他第五次撲空，不由得咕噥著「這傢伙是魚嗎？每次都溜走。他的班排得這麼隨意該不會，該不會是為了泡在水裡吧？雖然這樣我賺比較多，可是真的很難找人……」

這時，Peter仰漂於無人的海面。面鏡下的雙眸輕閉，身軀隨波飄移，耳內只剩水聲與風聲，他享受得微笑。睜眼後，大吸一口氣翻過身，稍稍划動，又一次躬身下潛，全身入水。

這次，不只下潛三公尺，而後繼續划手，沿著陡峭的岩壁，游向更深處。

第一章

優游的鬥魚赫然失重，水面之上，那雙鬆開魚缸的手還懸在空中。下一秒，玻璃摔裂，碎片偕著水花迸出，如煙火炸裂四散，木桌迅速濕潤。啪的一聲，鬥魚重摔在狼藉的桌面。四周的玻璃刺傷身體，牠仍扭動掙扎。桌前的陳紫潔已經錯愕得不知所措。她只想著，常理來說，再怎麼樣也不會把魚缸砸在別人桌上。不過，她很快就放棄這個想法，畢竟，她原本也以為不可以欺負別人。

「吼！陳紫潔！都是妳沒接住，魚缸才會破掉。妳看，妳把燕子殺死了。」男孩收回雙手，浮誇的責備，旋即用力拍掌，自責道：「啊！對吼！我忘了妳是智障。妳是不是以為牠會飛起來，所以才沒接的？唉唷！妳這樣不行，雖然牠叫做燕子，可是牠是魚喔！這樣妳學會了嗎？」

圍觀的同學有男有女，不約而同的大笑。嘴上說男孩很可惡，其實頗喜歡他這番自導自演，否則不會笑得捧腹彎腰。

這種時候到底該如何是好？陳紫潔反抗過，第一次，桌子被搬出教室，同學們跟老師說是她討厭上課；第二次，抽屜裡被塞了一堆垃圾，連課本都髒了，他們笑她不讀書不需要課本。那天，老師說班上有異味時，同學說是她便當盒好幾天沒帶回家，老師皺眉搖頭的表情還歷歷在目。越反抗，他們就越惡劣，陳紫潔無法想像反抗第三次會有什麼下場。

一旁，動手的男孩滿意地笑著。他名叫吳育奇，是班上的資優生，家境富裕。不過，父母過高的標準曾讓吳育奇痛苦不堪，每次考差，吳育奇會失落、自責，不敢太早回家。如今不同，只要看到陳紫潔錯愕的反應、畏懼的神情，這份難受就會被優越感沖淡。吳育奇認同父親所言「成績不好的人憑什麼過得那麼開心」。笑起來像白癡一樣，太礙眼了，陳紫潔唯一的功用就是讓他心情好一些。

今天，他的地理小考拿八十分，比父母要求的低十幾分。吳育奇心知這成績理所當然，是他忘記在行事曆輸入這件事，根本沒有複習，有八十分已經很不錯了。他本還暗自慶幸，一想到父母又要因此生氣，頓時煩躁不已。從拿到考卷當下，吳育奇就不斷思索下課要怎麼惡整陳紫潔。

一切都很完美。魚缸不大，碎玻璃全落在桌面上，只有幾滴水濺到陳紫潔身上。她毫髮無傷卻驚愕不已，呆愣地縮著身體，雙手擋在面前微微發顫。正因平安無事，旁人看來，陳紫潔反應過度得有些可笑，和吳育奇腦中模擬的一模一樣。他第一次用這種危險的手法，一試便驚為天人，這種明知可能害她受傷卻又巧妙壓在安全線上的感覺，他得到前所未有的愉悅。

笑聲稀稀落落的停下，陳紫潔這才湧起恐懼，又立即體認到自己表現過激，羞赧與委屈剎那間排山倒海，淹滿身心。空氣隨之稀薄，身體想溫暖內心似的升溫，陳紫潔不知道自己是敵不過身體的燥熱還是內心的寒冷，起身跑出教室。

幾個人看到她無助的背影，幾個人看到她泛著淚光面紅耳赤，還有幾個人聽到她哀鳴的悲鳴，開始思考吳育奇這次是不是太過火了。而吳育奇神色自若，淡淡的問：「好了！這次輪到誰想在老師心中刷好感了？上次被警告成績太差的是誰？」

此話一出，人群中有幾個人低著頭默默上前。

陳紫潔就快跑完整條走廊，樓梯口映入眼中。現在是打掃時間，直接跑下樓離開學校也不會被攔，只要跟警衛說自己是負責掃校外人行道，就可以連書包都不拿直接逃離學校。她放慢腳步，終在樓梯口駐足，只剩目光還鎖定著往下的樓梯。

「這次還要逃嗎？」陳紫潔低聲自問，聲音有些顫抖。「這次已經算是肢體霸凌了吧？」

問題傳入耳中，陳紫潔不自覺咧嘴苦笑，嘴角微微抽動，眼神戰戰兢兢的飄向往上的樓梯。

霸凌剛開始時，亞亞姐要她找老師求助。但老師告訴她：「霸凌？他們有亂說嗎？妳成績真的不好啊！妳如果認真讀書他們會笑妳嗎？妳成績這麼差別人當然會覺得跟妳一組會被拖累啊！妳有自我檢討過嗎？什麼叫霸凌？妳全身上下哪裡有受傷嗎？」

事後，老師口頭警告同學們不要太過分，這讓吳育奇多一個欺負她的理由，那陣子她都被叫「抓耙子」。亞亞姐知道事情沒解決，又出了主意：「會不會是一次不夠？如果妳再次反抗，他們就會知道妳不是可以隨便任人擺布的。」

「其實應該不會有用。如果有用，一次就會有用了，應該要找其他方法。」那次，WEN姐當下就勸告她們，但亞亞姐認為WEN姐想法太過消極。事實證明WEN姐是對的，回嗆的當天，抽屜就被塞了垃圾。

陳紫潔沒有埋怨亞亞姐，歸根究柢，她也想反抗。她不想坐以待斃，不想當吳育奇發洩的玩具，想親手撥掉自己人生的烏雲，亞亞姐只不過是推了她一把。

只是，那天也格外痛苦。惡臭的座位、充斥整個教室的譏笑，還有老師以為自己衛生習慣糟糕而露出厭惡的神情，再再重擊她的自尊。所以，她才會痛苦得近乎發狂，進而在群組裡不斷咒罵一切。怨老師毫無作為，怨班上的同學為虎作倀，也怨吳育奇家庭背景好到可以給學校施壓，可最怨的，還是無法解決問題的自己。

亞亞姐肯定被嚇到了，用文字又用語音再三道歉。陳紫潔不要她的道歉，也不要吳育奇、班上同學還有老師的道歉，她只想知道如何擺脫這種生活。成績根本不是真正的理由，她只考過一次吊車尾，若真是因為成績欺負人，怎麼會是她，吳育奇只是想針對她而已。

「這次不一樣了吧……剛剛差點受傷，這已經不只是關係霸凌的程度，老師總不會袖手旁觀了吧！」陳紫潔喃喃唸著，右腳踏上第一個階梯。

二樓到三樓不到四十階，導師辦公室就位於樓梯右方。薛瑞琪剛備好課，坐在位上。室內空無一人，是最令她放鬆的狀態。不巧，兩個女老師走進來，發現她在，一人發出令人反感的厭惡聲，作勢要轉身出去。身旁的老師抓住了她，要她不要鬧了。

這種把戲要玩幾次？老大不小了，還用幼稚的方式對待看不順眼的人。話雖如此，薛瑞琪難免受到影響，一股不悅揮之不去。眼不見為淨，薛瑞琪正想低頭滑手機消磨時間，豈料，身後響起一陣敲門聲，陳紫潔便進辦公室。那聲蘊含怯懦的「老師」出口時，薛瑞琪清楚自己又不得安寧了。

「怎麼了？」薛瑞琪問道，扭動下盤，將座椅轉向陳紫潔。

「那個……」陳紫潔欲言又止，看了一眼其他老師，小聲說道：「吳育奇把魚缸摔在我桌上。」

「又來了」薛瑞琪當然沒說出口。可是，陳紫潔顯然毫髮無傷，她不懂陳紫潔為何還來找自己。礙於還有其他人在辦公室，薛瑞琪不想像動物被人觀賞，便把陳紫潔帶出辦公室談。

「妳是說班上養鬥魚的魚缸嗎？」薛瑞琪盡可能壓下不耐煩。陳紫潔微微點頭後，她又問：「妳有受傷嗎？」

陳紫潔愣了愣，神色不安的搖頭。薛瑞琪嘆了口氣，說：「他應該不是故意的吧！妳有問他嗎？」眼前的學生不滿意這個問題，頭低得更低，回道：「可是，他是走到我座位旁邊摔，然後還笑我是智障，帶著全班笑我……我剛剛差點就受傷了。」

薛瑞琪看著這名學生，心裡很不以為然。陳紫潔成績不好，和林怡君或是鄭佐成那種某一科特別差不同，她除了體育之外的所有科目都差，每次都在拉低班上平均。連默寫這種背起來就有分數的題目也寫不出來。想到這，薛瑞琪忍不住問道：「妳上週段考國文考幾分？」

「四十五……」陳紫潔聲音微弱。

「對，妳有進步，但還是不及格。妳如果默寫背好，再拿十五分一定沒問題吧？」薛瑞琪反問，不知為何，陳紫潔沒有回答，她更加不耐煩，微慍道：「我是出題老師，結果妳才拿四十五分。」陳紫潔仍不說話，只是低著頭。

上課鐘聲響，薛瑞琪嘆了口氣，轉身回辦公室拿課本，剛門口就聽到兩位女老師在交談。

「自己不會教還怪學生。」

「呵！怪學生最輕鬆啊！也不想想自己出那什麼考卷，聽說其他國文老師找到好幾個問題。」

「那個學生知道之後還會找她幫忙嗎？」

「不知道她遇到什麼事……喂！她進來了啦！」

薛瑞琪盡力把這些當耳邊風，快步離開辦公室。看著仍在原地的陳紫潔，道：「走了，回班上，我幫你問吳育奇到底是不是故意的。」

同事的話扎在薛瑞琪心頭，考卷根本沒有錯，那不過是詮釋角度的問題，憑什麼要以資深老師為標準？更何況反對者幾乎都不是中文系出身，她不認為他們有資格置喙。考試已經結束一週，這件事仍提起，要是被他們知道自己班上有霸凌事件，不知道會被說成怎樣。

越想，薛瑞琪臉色越難看。她一踏入，全班識相的噤聲，看她走上臺。

「剛才魚缸打破了對吧？剛剛在場的通通起立。」

薛瑞琪雙手撐著講桌，眼神銳利掃射全班。吳育奇第一個起身，其他人面面相覷後也紛紛起立，全班有三分之二的人都是目擊者。人數之多，薛瑞琪吃驚得從埋怨中回神，臉色稍稍平復。

「吳育奇，陳紫潔說你把魚缸砸在她桌上，是怎麼回事？」

「老師，我沒有砸魚缸。」吳育奇看著老師，神色滿是委屈。「我剛剛是想請她幫忙換水。衛生股長要忙，我好心幫他傳話而已。只是陳紫潔還沒接到手，啊我以為她已經拿好了，一放手，就摔破了。」

說完，望向衛生股長，衛生股長連忙點頭附和，吳育奇又繼續說：「而且是她自己座位濕掉還跑不見人。我就站在旁邊，整個嚇傻了，還好林怡君和鄭佐成來幫我。」

「鄭佐成，你不是外掃區的嗎？為什麼那時候還在教室啊？」薛瑞琪知道鄭佐成肯定故意晚去，拖延時間，轉頭又問：「林怡君妳說，當時是怎樣。」

「就、就跟吳育奇說的一樣啊！」林怡君餘光盯著吳育奇，又看了一眼鄭佐成，說：「玻璃是鄭佐成掃的，我剛剛是幫忙擦桌子和拖地。因為陳紫潔的桌子整個都是水，有流到地板上。」

薛瑞琪看著坐在回收區旁的陳紫潔，又看了看她桌面的顏色確實比其他人深。她環顧全班，又問道：「剛才在場的人，有沒有要補充的？」這句話石沉大海，連一口較急促的呼吸聲都換不到。

薛瑞琪嘆了口氣，警告道：「好吧！吳育奇，你不要再接近陳紫潔了，她好像很怕你，就算你沒有惡意，她會不舒服你就是少跟她接觸。」

「她人緣那麼差，我是好心耶！」吳育奇回嘴。

「她想自己一個人你就讓她一個人，反正你少惹她。」薛瑞琪說完便要全班坐下，翻開課本。

事情就這樣結束了？臺下，陳紫潔呆坐在位上，洩氣的無法坐正。現實銳利得穿透身心，連靈魂都出現了裂痕。剛才那幾分鐘真的不是吳育奇主演的鬧劇嗎？陳紫潔無法判斷老師到底是無法處理還是真的相信吳育奇，但她可以肯定，沒有人想幫她，也沒有人能幫她。

她只能失落的拿出國文課本，裝作沒事，安靜上課。

臺上，薛瑞琪明明有標註頁碼，仍假裝察看進度翻動書頁，試圖舒緩莫名的不安與失落。她不相信吳育奇毫無惡意，吳育奇勢必有捉弄陳紫潔，問題是全班就是沒人出來說話，證據也被好心的同學清理掉了。她所能做的就是口頭警告而已，而她做到了。沒錯，可憐之人必有可惡之處，被霸凌的人自己肯定也要做些努力。照陳紫潔說的，吳育奇不就是嫌她笨才捉弄她嗎？這樣她好好讀書不就好了？還可以讓班級成績好看點。

「來，上次上完朱自清〈背影〉了嘛！後面有三題問題討論，上次應該剩最後一題還沒抽人回答吧？好，這題很簡單，但還是一樣可以算一次發言加分，被抽到的滿幸運的。」薛瑞琪神色平靜的說完便開始搖籤筒，近三十支筷子搖晃碰撞響徹班級，停下，抽出一支，道：「陳紫潔，先念題目再回答。」

陳紫潔緩慢起身，念道：「『請敘述某個令你印象深刻的背影，並說說你的感觸。』……老師，這個，也是要講父愛的例子嗎？」

「不一定，妳要講母愛也可以。」

陳紫潔低頭思考，內心慌亂不已。她從小就不太有機會見到父親，他偶爾假日在家又會說上班很累，一直關在房內睡覺，回想父親的長相只剩模糊的輪廓。上了國小之後，也沒什麼機會見到母親，有時半夜起床上廁所是可以看到母親坐在沙發上閉目養神，但那不是背影。

這麼說來，父母的愛到底是什麼？陳紫潔不懂為何朱自清會因為父親買橘子而感動。父母親除了必要用品之外，不太會買東西給自己，印象中他們習慣刷卡付款，這個過程中有父母的愛嗎？

「陳紫潔，妳要想多久？」薛瑞琪不耐煩了，沒好氣的道：「這有很難嗎？你爸媽平常有讓妳挨餓受凍嗎？他們對妳不好嗎？」

「沒有……」陳紫潔小聲回答道。

「陳紫潔，妳這樣妳的父母很可憐。他們讓妳吃飽喝足、接受教育，妳不好好讀書就算了，連父母對你好的例子都舉不出一個。妳將心比心，如果是妳的小孩這樣，妳不會很難過嗎？」薛瑞琪語重心長的說著，自認為苦口婆心的教誨。這小孩連腦袋不好就算了，最基本的感恩都沒有，難道她真的除了體育之外什麼都差勁透了？

全班的視線又轉向陳紫潔，同情的眼神、輕視的眼神、幸災樂禍的眼神從四面八方襲來，彷彿歷史劇中萬箭齊發的場景。陳紫潔不能逃出去，那只會讓老師有機會聯絡父母。她只能繼續低頭心慌害怕，只要稍微對上眼，無論對方抱持何種心情，她的靈魂都會被射穿，粉碎。越想保護自己，她的背就越加彎曲，沒人知道，陳紫潔承受的不只有霸凌者直接的重擊，還有那些包裝成關心的暗箭。可無論她怎樣蜷曲身子都無法躲開。

「老師，她可能比較不懂這些，妳又不是知道她的程度。」

正當全班都盯著陳紫潔，吳育奇突然舉手發言，用詞仍具攻擊性，卻像在幫陳紫潔說話。眾人竟為此舉不知所措，陷入短暫沉默，直到吳育奇用眼神示意鄭佐成。鄭佐成立刻舉手喊道：「喔喔！我知道！一下自然課有教，這個叫做冷血動物！她可能是蛇。」

說完，鄭佐成不斷學蛇的聲音，還用手學蛇。「嘶～嘶～嘶～」班上幾個比較愛胡鬧的隨之一起。「嘶～嘶～嘶～」

這些行為簡直莫名其妙，但他們的表情與舉動浮誇而滑稽，幾個人忍不住笑了。一看到有人笑，這些人就更誇張的模仿，甚至走向對方旁邊嬉鬧，作勢讓兩條蛇對抗。

「我是陳紫潔！」

「屁啦！我才是陳紫潔！」

「陳紫潔這麼廢，你們是在爭什麼啦！」

明知這樣的行為惡劣，一段時間後，原本只是旁觀，或是對陳紫潔投以同情目光的人，也忍不住笑了。臺上，薛瑞琪努力憋笑，被鄭佐成戳破：「吼！老師，妳這樣忍著會得內傷喔！」

「好了！你們都坐下，上課時間在那邊鬧。」薛瑞琪語帶笑意喊道：「鄭佐成，這題換你回答。」

鄭佐成嘻皮笑臉的起身，看著課本回答道：「我印象最深刻的是我爸爸的背影，因為我小的時候他總是把我背得很高，讓我看得更遠。我認為，他讓我來上學，也是努力增加我的學識，把我墊高，未來我才可以看得更遠。」薛瑞琪顯然很滿意這個答案，要鄭佐成繼續努力。鄭佐成坐下後，小心翼翼的把課本中的字條回傳給吳育奇，吳育奇隨手將之揉爛塞進口袋。

「陳紫潔，妳看！鄭佐成國文也不好，但他至少知道父母為他做了什麼。而且剛才他還幫妳清理座位……」

薛瑞琪再次把話題帶到陳紫潔身上，陳紫潔清楚，她只是在借題發揮。這種人憑什麼一副很了不起的樣子教訓她？鄭佐成不過是聽著吳育奇的命令行事，她就認為鄭佐成比她好了？鄭佐成才是這次國文段考得最後一名啊！

儘管滿腔的怨念，和老師對上眼的瞬間，陳紫潔還是懼怕得壓下她差點脫口而出的怒氣，她就像受困的奴隸，只能安靜認命，並再次確信自己無處可逃。可是，心裡承受羞辱的容器已經無法在塞下更多東西，可怕的是，陳紫潔似乎聞到了臭味，那是記憶裡抽屜塞滿垃圾時發出的臭味。她還記得垃圾多到從抽屜掉下的那一瞬，而自己大概就像那個連一點壞事都做不到，第一個被扔掉的，多餘的垃圾。

好想就此消失。

這想法不斷在腦袋中膨脹，脹得她已經聽不清楚薛瑞琪到底說了什麼。薛瑞琪加大音量問道：「聽到沒，妳回去真的應該跟父母道歉。」陳紫潔微微點頭，好讓薛瑞琪住口。

「好了，不要忘記〈背影〉是第二次段考的範圍。下堂課要用這學期的課本，沒帶的趕快去借。」

薛瑞琪話剛說完，下課鐘響，班上旋即喧騰一片，這一切都是日常，沒有人為陳紫潔又一次的受辱默哀。可以離開了吧……陳紫潔眼神空洞，默默拿起書包，低頭走出教室。一陣微風吹來，教室外的空氣果真比回收桶旁好聞，陳紫潔暗中自喜，原來自己還能做出對的選擇。

反觀剛才，老師問她有沒有受傷時，陳紫潔還開心了一下，結果老師根本不是關心她，只是想再次告訴她那不是霸凌。陳紫潔眼眶泛淚，她真的有笨成這樣嗎？老師真的認為她分不出來什麼是玩笑什麼是霸凌嗎？不，或許她就是智障，正因為是智障剛才才會去找老師求助。

「陳紫潔！妳拿著書包要去哪？」

即將走到樓梯口，突然有人喊住她，陳紫潔立刻停下腳步。那人在她背後也停下腳步，怯怯的問：「妳還好嗎？……如果，妳要離開的話，妳要跟我說理由，不然我記錄沒做好會被老師盯。」

陳紫潔不由得暗自抱怨，副班長也是怕自己被念才來關心自己的。別說剛才了，她一直以來都沒伸出援手。可是，陳紫潔也沒辦法就這樣討厭她。畢竟，沒人敢和吳育奇作對，他們也跟陳紫潔都不熟，何必為了陳紫潔惹禍上身，到時候換自己被霸凌怎麼辦？

陳紫潔擠出淺笑，回首輕聲道：「嗯，抱歉，剛剛沒注意到……我身體不舒服去保健室，就記早退或病假吧！」說完就直接離去。

副班長本想說些什麼，又覺得說什麼都是偽善，只能目送她離去。

不久，陳紫潔出現在校門口，拿外出單給警衛看，拖著腳步離開學校。健康中心的老師本希望她在那邊休息就好，可陳紫潔一刻都不想待在學校。老師察覺有異，問陳紫潔需不需要聯絡家人時，她一口拒絕了。父母每天都在工作，休息也一直喊累，不能給他們添亂。

眼眶已經不泛著淚水，可鼻頭仍微微發酸。陳紫潔實在委屈，她總是替人著想，為什麼就沒有一個人能替她著想。想想這些都是自己個性使然，陳紫潔只能安慰自己是有血有淚的，然後再次思索，如何鼓勵自己振作。

「今天我是壽星啊！會有好事發生的。今天星期五，說不定爸媽今天不用加班了，說不定爸媽跟我說生日快樂，說不定……」就此消失會更好嗎？

溢出的悲痛侵蝕著陳紫潔，她真的好想解脫，好想擺脫這些。幸好，內心仍有不甘，她不會就此放棄，那等於是向吳育奇那種人認輸了。

途中，陳紫潔不只一次突然停下腳步。明明是自己說來鼓勵自己的話，她卻不敢回家求證，那點希望實在太渺茫了。每一次佇足，她都想拿出手機聯絡WEN姐，卻怕自己按捺不住悲痛在路上失態。

不知不覺，陳紫潔已經打開鐵門，站在家門口。猶豫片刻，她推開潔白的大門，落地窗外的光線幾乎占據客廳。陳紫潔下意識背對光線，即使是傍晚溫潤的餘暉都無法撫平她滿目瘡痍的心。影子理所當然的從腳底延伸入屋，爬上沙發前的長桌，提醒陳紫潔桌上有張字條。那是母親每天都會留的，內容千篇一律，都是要她自己吃晚餐。抱持著稀微的期待，一讀字條，陳紫潔忍不住流下淚。交代晚餐自理之外，還補了一句「妳這次段考又全部不及格！妳要是再不認真讀書，我就讓妳去補習，每天晚上加六日，看妳怎麼玩！不要以為妳擺爛我就會讓妳去讀體育班！」

「哪有人這樣的……我才沒擺爛，我明明已經進步了……」陳紫潔越說越像求饒，最終近乎咆哮，放聲大哭。「為什麼每個人都要用成績評斷我！我明明很努力了！」

當老師說她成績變好的話吳育奇會放過她，她就已經逼自己更努力了。可是，題目真的太難了，她怎樣都無法把那麼多公式、課文、歷史事件背熟，尤其是少見的國家名稱和古文默寫，少一個字就全錯，她怎麼可能拿到滿分。她光是稍微進步就已用盡全力，這些人到底要她如何是好？

陳紫潔躲回房內，關門後，倚著門直接坐下。她身心俱疲，全身無力的啜泣，身體因為剛才大哭而燥熱。她無助的蜷起身子，希望這樣能更有安全感一些，可孤寂感壓著她呼吸困難。陳紫潔完全失去方向，只知道自己需要戰友，需要幫助。腦海中，只有一個人選。陳紫潔也不多加思索，顫抖的打開LINE，找到「WEN」，按下通話鍵。

「喂？」電話接通，帶著些許氣音的溫柔女聲傳來。突如其來的溫暖讓紫潔再次放聲大哭，電話另一頭的人嚇得問道：「小潔妳怎麼了？怎麼哭得這麼傷心？」

陳紫潔不知從哪講起，這一切的一切，全都令她難以忍受。她抱著衛生紙毫無脈絡的哭訴，不時哽咽啜泣，情緒一激動又泣不成聲。經過了好幾輪，WEN姐勉強拼湊出陳紫潔今天十分悲慘絕望，可是，她深怕亞亞姐自責不敢在群組說，加上太過激動，才會直接打來。

「這麼說來，妳今晚有空吧？我剛好來臺北，妳要我碰個面嗎？」WEN姐輕柔的問道。

「WEN姐，妳可以帶我離開臺北嗎？」陳紫潔話一出口，連自己都愣了一下，可這確實是躲開他們的方法。「我想離開這裡，幾天也好……拜託妳……我不想去學校，也不想待在家裡，可是我也沒地方可去了。我覺得我已經快要瘋了，他們都一直逼迫我，我真的已經不知道要怎麼辦了。」

陳紫潔哀求著，緊抓著最後一根稻草。WEN姐沉默半晌，終究還是答應了。「那妳收拾一下行李，我等等再告訴妳怎麼約，好不好？」

陳紫潔喜極而泣，不斷點頭應聲。通話結束，插在心頭的萬箭一掃而空，陳紫潔克制自己不多加思索後果，迅速收拾行李，這是她唯一能逃離這裡的機會。不久，WEN姐傳來的訊息，和她約六點半，在臺北車站南一門的郵局附近碰面。

走入南一門，陳紫潔立刻發現WEN姐。她擅長打扮，身高１６８公分穿著駝色大衣，黑色連身短裙，腿上的黑絲襪透著肌膚，是她全身上下布料最少的部位。這穿搭不會讓人注意她沒什麼起伏的胸部，反而把目光引導到她修長的腿上。經過WEN姐身旁的人，無論男女，都會忍不住回頭再看一眼。

距離拉近，WEN姐發現陳紫潔，向她招了招手。陳紫潔正要說些什麼時，WEN姐從身後拿出一個外帶的紙盒，盈盈笑道：「這先給妳，我藏不住這麼大的東西。」紫潔接過紙盒，看到上頭「Keeky」的商標，卻不清楚這是什麼，疑惑的看著WEN姐。

「打開來看就知道啦！」WEN姐溫柔笑道。陳紫潔打開，驚喜得睜大雙眼。WEN姐笑了笑，伸出手細數道：「時間有點趕，所以這是附近買的，裡面有藍莓塔、蒙布朗栗子塔、生巧克力塔，還有一個叫作『淡紫色的羽毛』，不知道妳吃不吃芋頭，但名字很可愛……。其實是因為我不確定妳喜歡哪種，不知不覺就買多了。」

陳紫潔不敢置信地望著WEN姐，WEN姐愣了愣，才微笑補道：「生日快樂，小潔，生日快樂。」

終於聽到這句話，陳紫潔眼淚如夏日午後的暴雨失控落下，投入WEN姐懷中。WEN姐的身體稱不上柔軟，卻是她今天感受到最溫暖的事物。陳紫潔突然貼在身上，WEN姐有些意外，可她哭著直說謝謝，實在令人心疼。

「乖，沒事了。」

通勤顛峰時間熙熙攘攘，人們雖會多看一眼，卻不至於多加留心。陳紫潔漸漸不哭了，她終於不需要在乎旁人的視線，還可以緩緩闔上眼，在WEN姐懷中享受著安定。現在什麼都不需要了，有WEN姐輕撫安慰就足夠了。

第二章

「紫潔？紫潔？陳紫潔？」

晚上十點半，陳紫潔的母親張玉珊打開家門，屋內一片漆黑，她怎麼呼喊都無人回應。張玉珊索性走到女兒房間，看見書包被丟在地上，暗自推斷女兒應該是放學回家後又跑出去玩。張玉珊嘆了一口氣，摸了摸頭，走向廚房裝水。水杯不大，張玉珊稍微恍神，便漫了出來。

「嘖！」張玉珊一陣煩躁，可怒火一下就被無力感壓熄。

前幾天，組上又有人辭職，這幾個月組員來來去去換了好幾個人。他們辭職前都告訴她「玉珊姐謝謝妳的照顧，但公司真的太血汗了。」一面試就說過是責任制了，當時每一個都說沒問題，真的開始做事不是拖延擺爛，就是說工作量太多需要一直加班，身體撐不住。他們倒好了，一走了之，張玉珊不只要帶新人，還要把他們的工作撿來做。說好聽是接手，其實是重做，這種待沒幾個月的新人哪能做出什麼好東西，張玉珊只能認命加班。

入行也二十幾年了，許多同期的同事都轉行或直接辭職當家庭主婦，可他們辭職前也沒擺爛啊！果然一代不如一代嗎？

「唉！是不是該轉行呢？」張玉珊癱坐在沙發上，喃喃念著。這不知道是她第幾次累到想辭職了，但也就只是說說，中年婦女要換跑道可不是什麼容易的事。說實在，現在月薪接近五萬，生活品質也不差，沒理由賭氣辭職。張玉珊不禁苦笑一聲，自己果然老了，明明當初為了當老師三不五時就跟父母吵架。

當時，不管父母是不是在忙，張玉珊只要有空就會在他們身邊說：「我想當老師！我想當老師！」父母後來都懶得跟她辯了，反正她說一次，就回一次「不行，要說幾次，讀什麼師專四五年，妳還不如去讀二專，選個做商的，兩年畢業出來趕快幫忙家裡。」

張玉珊是獨生女，家裡經營餐館，父母希望她讀書壯大家業。但張玉珊喜歡小孩，比起繼承家業，她比較想當個國小老師。

當初填志願本來想先斬後奏，不小心被發現。父親氣得想打死她，揮著棍子直嚷著：「把妳養這麼大有個屁用！做這種偷雞摸狗的事情！連家裡的事業都不管！好，妳若是堅持要當老師，妳就給我死出去！不然我看到妳就打死妳！」

那時，母親攔著父親，也不要她道歉，只是苦苦哀求：「玉珊啊！妳阿姨就是當老師啊！結果學生不學在外面好惹事，學校怪她頭上，她被迫辭職後什麼都不會還是只能去工廠。妳爸不希望妳變成那樣，妳乖啦！聽妳爸的，算我這個做媽的求妳好不好？」

她當然覺得父母這樣一搭一唱的威逼太過狡猾，最終，要交志願表出去之前，卻還是妥協了，默默把商科填在前幾志願。張玉珊成功進入二專讀會計，畢業時，父母的餐廳已經頂讓給別人，她便憑著一技之長進入人壽工作。這份工作不算輕鬆，可是薪水不差、生活很穩定，上次看新聞說政府打算砍軍公教的退休金，她還暗自慶幸聽了父母的話。

半年多前，紫潔說她不適合讀書，想讀體育班成為國手時，張玉珊才終於了解父母當時的心情。正因為是父母，所以希望孩子選擇好走的路，過安穩的日子。

這麼說來，紫潔真的很乖，說是為了當國手想要轉學，但被拒絕後就沒再提過了。張玉珊不是不知道紫潔體育好，是體育這條路太難走了，連國手待遇都很差。如果最後只能當體育老師，那她寧肯紫潔去讀師範大學，在冷氣房裡教國小生輕鬆多了。

想到這，張玉珊嘆了口氣，坐挺身子，自責自己把工作的情緒帶到家中，遷怒女兒。除了成績，紫潔不曾讓她擔心。如果她不受教，他們夫婦哪能一天到晚加班。望著窗外一片漆黑，張玉珊更心急了：「這麼晚還不回來，是不是我真的太過分了……」

收回目光，張玉珊不經意拿起桌上的字條，一看，留言旁邊多了一行字：「明明都不回家還要管我！那我也不要回家了！反正你們只在乎我的成績又不在乎我！」

張玉珊驚呆了，她沒想到女兒會用這種口氣說話，更不敢置信她竟然蹺家了。她立刻撥打紫潔的手機號碼，卻直接轉到語音信箱。「關機了！」她沒想到女兒居然這麼絕情，連通話的機會都不給她，難道真的不打算回來了嗎？

張玉珊慌忙走進紫潔房間，果真沒找到紫潔常用的後背包，一直插在插座上的充電座也帶走了。張玉珊雙腳一軟，跌坐在地，不知道該如何是好，心急得都快哭了。她拚命思索紫潔可能會去的地方、可能會找的人，腦中卻一片空白，反倒是字條上的話，一字一字沉痛而深刻的緩緩浮現，斥責她教育失敗。

此時，陳士仲坐在駕駛座上，早已插入鑰匙還未轉動。他的左手靠在方向盤上，掌心的手機還顯示今天開庭的資料，光線映在陳士仲臉上。他望著手機，目光空洞沒有對焦，拇指習慣性的不斷向下滑動。至於右手，姑且勾著方向盤下緣，隨著時間漸漸滑落。

無論男人再怎麼愛家，長時加班後都不會想馬上回去。尤其，今天開庭失利，勝訴歸勝訴，陳士仲不認為自己那樣算是贏了。事隔多年，他再次接到動物相關的訴訟，沒想到只贏六成。

在法律上，動物被當成動產，但動物與人類的感情怎麼可能和桌椅、床墊之類的價值相比？飼主的精心照顧被量化成數字時，他總覺得感慨，拿得多就能證明比較愛牠，或是牠的生命比較有價值嗎？上次只拿到象徵性的賠償，而這次雖然拿到八萬元，但被告也只認為是飼主趁火打劫，陳士仲所在意的情感羈絆與生命價值，某些人根本不屑一顧。仔細想想倒也是，如果對方尊重動物就不會用謀殺的方法照顧貓了。

「明明被視為家人，就只因為他是一隻貓，命就只值八萬嗎？」

陳士仲放下手機，嘆了一大口氣，全身的精力似乎也隨之離開身體，他全身放鬆，仰首躺靠座位。他本以為成為律師多年，對生活早已麻木，可今天，從內心深處油生的空虛及無奈不停漲高，卡在陳士仲喉中，快溺斃般痛苦卻無法說些什麼。這場官司證明了，他終究無法說服法官把動物當成受害者家屬的家人看待。想到這，年少的志願落井下石般扎在心頭，譴責他的無能。陳士仲強忍難受，呼吸逐漸急促，長期的疑惑再次浮現腦海：成長過程中，我是不是做過太多妥協？

陳士仲倒抽一口氣後屏息著，微微皺眉，不願繼續探究這個問題。

這時手機響起，把陳士仲從自責的漩渦中拉出。可一接通，他身心頓時驚慌失措，只能一直問：「喂？老婆？妳怎麼哭成這樣，到底怎麼了？」

張玉珊混著哭聲解釋，陳士仲只聽得出紫潔似乎出了什麼事。「妳先冷靜，妳說紫潔怎麼了？」

「紫潔蹺家了，你快回來，快！我真的不知道要怎麼辦，我不知道……」張玉珊的慌張在車內迴盪，又重擊在陳士仲身上，他突然頭昏，一時間無法接受這件事。電話另一頭，得不到回應的妻子不斷呼喚著他的名字，煩躁湧起，他忍不住大吼：「我立刻回去！」迅速把車子打到D檔，離開事務所的地下停車場。

以不犯法的前提下，陳士仲盡力將那一條條光怪陸離的街道拋在車後，可路燈卻像跑馬燈般接二連三的襲來。越看越緊張，越緊張就越是煩躁。陳士仲在腦中翻找與女兒互動的記憶，推測女兒蹺家的原因，卻連女兒穿制服的模樣都記不起來。女兒現在的髮型和身高，他都不清楚，只能確定腦海中那模糊的身影太矮了，喊著爸爸的稚氣聲音都也不屬於國中生，那似乎是紫潔國小的模樣。

陳士仲不得不承認，他對案主和那隻死去的貓比女兒清晰多了，甚至可以清楚描述那隻貓從出生到牠被送養，每一階段的紀錄。

碰的一聲關上車門，陳士仲直奔回家。推開家門，明亮的客廳不見張玉珊人影，張士仲大聲喊道：「老婆！老婆！……張玉珊！你在哪？張玉珊！」待張玉珊從女兒陰暗的房內緩緩走出，陳士仲已經用光僅存的耐心。

「妳看她電腦了沒？」

一對上視線，陳士仲口氣嚴厲的質問。張玉珊搖了搖頭，她傷心欲絕，剛剛才稍微平靜。

「嘖。她都國中了，連國中生都可以顧到不見。」

「你現在是怎樣？都我的錯嗎？」張玉珊哭著咆哮，氣得推了丈夫一下：「你都沒跟她互動，還怪我？她那麼乖，我怎麼會知道她為什麼突然蹺家。」

陳士仲轉過身，看清張玉珊紅腫的雙眼以及淚水潰堤的痕跡。那眼神滿是愧疚與無助，自己隨口一句話竟然直擊內心，讓她心痛得再次流淚。

不知道是氣過頭還是哭得太激動，張玉珊眼前一黑踉蹌跌倒，陳士仲立刻伸手接住。張玉珊本想推開卻沒有多餘的力氣。

陳士仲注意到妻子手中的紙條，小心翼翼的抽出來，一看，心為之一顫。他終於明白妻子為何如此激動，這不該是那個乖巧的女兒會說的話。

「先去看她電腦吧，我會想辦法把她找回來的。」

陳士仲輕撫妻子喃喃念著，他並不是說空話，如果女兒跑去別人家，只要知道對方是誰，就好解決了。不是同學也沒關係，找熟識的徵信社幫忙很快就能查到，不會有問題的。

六年前，紫潔在裝潢時堅持說：「牆上的油漆當然要是紫色，我很喜歡爸爸、媽媽幫我取的名字。」這句話印象深刻，陳士仲一直記得女兒的房間是淡紫色的，連床褥、枕頭都是。如今，他打開女兒房間的電燈，才發現久違的房間已經不見紫色。

有些夢幻的淡紫色已經褪成灰白色，給國小生用的棉被也不在了，床上被鐵灰色霸占著。陌生的景象襲來，陳士仲顯得錯愕，再三環顧房內，希望能加速接受這些。身後的張玉珊一進房內就默默走到書桌前，陳士仲才想起進房的目的。

紫潔的筆腦是A牌幾年前的旗艦款，與近年的新款相比顯得笨重，但陳士仲當時可是狠下心來才買下它，作為女兒的生日禮物。陳士仲不禁起了疑問，紫潔到底是因為它太重沒帶走，還是她只想趕快離開，筆電根本不是她必須的東西？

Intel i5處理器開機還算快，不一會兒就進入登入畫面，使用者照片與輸入密碼的欄位之後，是陳紫潔設定的桌布，一位兩夫妻都不認識的運動員。

「需要密碼啊……」陳士仲低聲道。

「設定電腦的時候有要求紫潔把密碼跟我說，畢竟她當時還小……」張玉珊說著說著忍不住鼻酸。這些年，她其實從未檢查女兒的電腦，絕不是因為信任紫潔這種冠冕堂皇的原因，就是沒有放心力在這上面。她不知道幾年前的密碼是不是還能用，只能顫抖著手指，一邊念，一邊敲出記憶中的密碼：purple1021。

沒想到，她居然成功登入了。看著桌面慢慢跑出程式，一股違和感襲擊張玉珊，她總覺得自己忘了什麼。一旁，陳士仲聽到密碼愣了愣，問道：「紫潔的生日……紫潔的生日，是不是十月二十一？」

張玉珊驚呼，同時，張士仲也得到了答案。兩人下意識望向桌布右下角，今天不單單是下屬離職的日子，也不單單是為動物打官司的日子，是女兒的生日啊！

兩人沉默不語，盯著LINE的視窗自動跳出、登入，對話欄屈指可數的紀錄裡沒有他們兩人。他們確實不曾要與女兒傳訊息，總認為她懂得自制，不需要特地聯繫。

對話欄有一個釘選群組名叫「里約奧運奪金牌」，有一些未讀訊息，夫妻倆當然知道釘選代表什麼意思。點開，訊息都是「亞亞姐」傳來的：「小潔，妳今天有去跟老師說霸凌的事情嗎？」、「是不是沒效果啊？妳要不要還是跟父母說一下？」，其後還有兩三張貼圖。夫妻倆心微微一顫，他們根本不知道女兒遭遇霸凌。

張玉珊忍著鼻酸，用泛淚的模糊視線一段一段翻看群組裡的對話。除了討論體育之外，全是霸凌的事情。女兒為此苦惱、痛苦，甚至發怒的對話太多了。沒看幾段，張玉珊就心疼得受不了了，流下眼淚，摀著嘴發出低嗚。陳士仲豈不心痛，但他只能讓妻子依靠在身上。

自責、內疚從內到外充斥夫妻倆，女兒盡其所能的體貼父母辛勞，還獨自承擔這些。他們做父母連她的生日都忘了，只給她斥責的紙條，夫妻倆清楚自己有多失格。

「我找老詹幫忙。」

「徵信社那個？你不去報警，找徵信社幹嘛？」

「妳不懂啦，報警手續太多，會拖延時間。」

陳士仲拿起電話，立刻撥打，張玉珊還沒回嘴，電話接通了。

「喂？老詹。我要請你幫忙找人。」

「我女兒，她被網友帶走了。」

「照片？女兒的照片應該有，網友的沒有。」

「我不知道對方的名字，只知道網路暱稱。還有他們碰面的時間地點，這樣有辦法找嗎？」

「是嗎？……好，那我之後聯絡你。好，再聯絡。」

「老詹怎麼說？」

陳士仲放下手機，不太甘心的輕聲回答：「他說線索太少，先報警，叫警察調監視器，有對方的照片比較能找到人。」

話雖如此，陳士仲不確定警察接獲通報後會不會馬上找人。平時，他為了辯護蒐集資料時，也了解不少警察辦案的程序。然而，他從未接觸過逃家相關的事件。陳士仲必須承認，自己多年來努力累積的法律知識，此時此刻全無用武之地，他現在不是律師，只是個連小孩都顧不好的父親。

※

「我要報案，我女兒被網友誘拐，蹺家了。」陳士仲說道，將一整疊的紙放到值班臺，這些全是LINE的對話截圖。

陳士仲不敢相信自己有機會說出這些話，他向來只在新聞上看到別人家的孩子跟網友離家出走。身旁，張玉珊提著女兒的筆電，她不知道警察會不會需要其他資料，就乾脆整臺帶來派出所，這是他們唯一的線索。

陳士仲指著「WEN」和陳紫潔約碰面的紀錄，向警員說明自己的推論，用辯護時的口吻道：「誘拐屬於刑事案件，請你們受理。」他希望這樣能讓自己顯得嚴肅而冷靜。

張玉珊以為丈夫平時處理官司，深知警察辦案習慣才如此強調。實際上，陳士仲心底沒有比張玉珊踏實。處理案件時，陳士仲一項自認能冷靜分析又同理委託人的傷痛，而今，女兒被來路不明的網友帶走，他也慌了手腳。這樣的他豈能真正理解委託人人的哀傷，那都是旁觀者的自大而已。

值班的邱警員把夫妻倆請到辦公桌前，看了看他們填寫的資料，問道：「你們對女兒今天的外觀能再仔細的描述嗎？或是有沒有她近期的照片。」

夫妻倆搖了搖頭，他們已經好一段時間沒有好好端看自己的女兒。說到最近的照片，張玉珊翻了翻手機相簿，只有一張過年時拍的全家福照，幸好手機解析度不差，還能清楚看出陳紫潔的模樣。照片上，陳紫潔乖巧的微笑，讓張玉珊忍不住抱緊懷中的電腦。

邱警員下了註記，接著問：「就你們所知，你們認為女兒為何會離家出走？」

夫妻倆交換眼神，張玉珊本想說明，沒想到陳士仲居然先開口：「我來說吧！」

「我認為是霸凌。」陳士仲欲言又止，但還是繼續說：「還有我們不夠關心她，沒有發現這件事。」

「你們上次和她好好討論一件關於她的事情是什麼時候？各自或三個人的都可以。」

警察的口氣平淡，但夫妻倆難免覺得對方拐個彎在譴責自己失職。陳士仲坦承：「應該是一年前，紫潔說她想轉學去讀體育班，想當國手，但我們反對。」

「想必那次並不是什麼很愉快的對話吧！」

警察語氣依舊平淡，夫妻倆眼神飄移，警察察覺兩人尷尬，又道：「做父母得難免會這樣，但這並不是為自己開脫的方法。」

陳士仲逐漸惱羞，眼前的人看起來不到三十，作為四十出頭的人豈有被後生教訓的道理。雖壓住想拍桌的煩躁感，陳士仲仍不自覺有些大聲道：「你現在是在教我怎麼當人的爸爸嗎？」

「不是，我只是提醒你要尊重人，你不要忘了，這裡是警察局。」警察放下筆，直盯著陳士仲，眼神平靜得有些冷淡，似乎對這樣的民眾見怪不怪。只是交代：「刑事案件我們一定會受理，也會儘量去找人。可是，發生地可能是在臺北火車站郵局，所以，這個案件會交給中正一分局處理，你們用手機還是什麼的記一下。筆錄之類的資料待會就會傳真過去，調監視器事情我也會一併告知，之後你們可以直接與他們聯繫。」

「另外，我有義務告知你們兩位。監視器成效不一定高，尤其又是約在通勤時間。你們沒有對方的年籍資料，也沒有他的社群帳號，要找到這名網友其實不太容易。建議你們回去跟這個群組裡另外一位網友聯絡，請她協助，說不定她會知道這個『WEN』的資料。兩位今天就先回去吧！」

「你的意思是機會渺茫嗎？……你們會積極找人嗎？」張玉珊有點尷尬地問道，但不確認就無法安心，即使是欺騙也好，她急需一些希望。

邱警員不想刺激眼前的人，只能說：「就是我說的那樣。這案子我們警方會立即開始調查，陳紫潔的資料等等就會輸入協尋系統，如有同仁發現她會立刻通知你們。除了我們之外，也會有偵查隊協助調查。」

夫妻倆做完筆錄，稍稍道謝後，默然離開警局。張玉珊仍抱著筆電，坐在副駕駛座，心神不寧，焦慮的催促目光不斷打量車內。駕駛座後方掛的西裝不知道髒了沒？對了，剛才急著報警，陳士仲把一股腦的把資料從副駕駛座往後座丟，不知道會不會亂掉或不見？啊！那件外套，紫潔好像說過找不到了，原來是在後座椅背的後方的檯子上啊！外面這是在下雨嗎？紫潔，紫潔有沒有帶傘？有地方睡覺嗎？……

盯著後方的玻璃上雨水曲折滑落，張玉珊忍不住低聲啜泣。陳士仲踩了煞車，在紅燈前停下，不發一語，伸手握住老婆左手，厚實的手掌傳來的溫度，讓張玉珊更加難受。

「不會有事的。」陳士仲說得小聲，再怎麼心虛，他還是要撐住。如果兩個人都被悲傷掌控，那誰來支持警察找人。他的法律知識固然不能實現自己的夢想，但總該足以保護家人不被傷害吧！

第三章

海馬颱風路經臺灣南方，捲走大量水氣，沒有留下一絲雲霧。下弦月還沒升起，繁星如塵，夜幕上星光熠熠。無論觀眾與否，群星恣意搬演一個個悠久的神話。靜謐而繁盛的深藍幃幕垂至地平線，連接近乎純黑的大海，海浪快慢不一的前進，一波一波，撲向礫岩，只剩破浪聲迴盪海陸。

不遠處的獨棟建築顯得格格不入，雖沒有喧騰的人造光線，但頂樓之上那盞露營燈，正努力映出陳紫潔半張臉龐，向另一側的WEN姐展示這女孩有多驚豔。

「美嗎？」WEN姐托腮輕問道。

「超美的！這裡、還有這裡都看得到這麼多星星！」陳紫潔興奮的朝夜空隨意揮指。

「喜歡就好，我本來還在想這樣慶生真的可以嗎？」WEN姐笑了笑，又道：「喜歡就好。」

明明是一貫的淺笑，陳紫潔卻覺得WEN姐的眼神有些濕潤。是不是因為自己讓她擔心、給她添麻煩了呢？陳紫潔有些內疚，事已至此，也只能厚著臉皮打擾了。她很感激WEN姐沒有過問太多，這種沉穩與神祕是大人的特徵吧！

微歪著頭，在她面前揮手，依舊掛著淺笑，問：「小潔，怎麼了嗎？」

重新聚焦的雙眼對上柔和的目光，陳紫潔立刻漲紅了臉，羞赧下慌亂解釋：「啊！這裡不方便，但景色真的很美。所以，我剛剛在想WEN姐會住在這是不是因為喜歡海？」陳紫潔微微點頭肯定自己，可心虛猶在，隨手捧起蛋糕塔，吃了一口。目光放遠，慢慢咀嚼，試圖故作鎮定，卻也因此沒看到WEN姐的眼底閃過一絲錯愕。

食物吞下，還沒聽見答應，陳紫潔再次轉向WEN姐。只見WEN姐輕笑一聲，指了指她嘴角的奶油。陳紫潔一摸，不禁咧嘴笑了，連同剛剛的尷尬一同抹去。

「會住在這裡的原因啊！」WEN姐欲言又止，嘴角上揚了但眼神卻蘊含著陳紫潔所不懂的情緒。那羽毛一般的睫毛隨著雙眼搧動了幾下，WEN姐才慢慢輕訴道：「因為，我在找一個人。」

「嗯？」陳紫潔精神一振。WEN姐幾乎絕口不提自己的事情，現在要和自己分享，她當然不能錯過。

「妳知道亞特蘭提斯嗎？那個傳說中的海底文明。古希臘的哲學家柏拉圖說它真實存在，有個說法是臺灣是亞特蘭提斯的一部分。」

確定陳紫潔點了頭，WEN姐繼續道：「有個人，曾經告訴我這麼一段話：

『我相信它真的存在，只是亞特蘭提斯人藏得很好，不曾被陸地上的人類發現。就像彼得潘不會出現在大人面前，亞特蘭提斯人也不會隨便接納我們，陸地上的人類已經習慣陸地生活無法在水底呼吸，性情粗暴又過度好奇，是我也不會讓他們發現，如果他們以研究之名破壞亞特蘭提斯怎麼辦？

我就不同了，我熱愛海洋，與那些無法接納異類的人類不同。只要我持續與海洋為伍，總有一天，亞特蘭提斯人出現在我面前，甚至讓我成為亞特蘭提斯的一員。對，就像彼得潘要讓溫蒂等人去夢幻島時，會賦予他們飛行的能力。亞特蘭提斯人一定也可以賦予我在水中生活的能力。』

可是有一天，他突然不見了，從那之後，我一直在找他。那是他的夢想，我相信總有一天，能在某個海邊遇到他。」

語落，幾波大浪接二連三衝撞岩石，迸出巨響，飛濺在乾燥的礫石上。

「妳在找的人是一個在尋找亞特蘭提斯的人？」

陳紫潔無法置信的驚呼，正如WEN姐的預料，她露出無奈的神情，道：「是啊！很怪吧！無論是我還是他。亞特蘭提斯什麼的，明明不可能找到。」

「不！」陳紫潔連忙放下甜點，誠懇地注視著解釋：「這很浪漫啊！WEN姐妳說這是他夢想對吧！我也有夢想，我知道夢想被說不可能實現有多難受。這裡很美，說不定哪天那個人就出現了。」

「謝謝妳。」

WEN姐露出一貫的淺笑，陳紫潔不確定自己的想法有沒有傳達給她。

※

「希望有啦……」

陳紫潔咕噥著，聲音被水泥牆收下。浴室內熱氣縈繞，不至於伸手不見五指，卻也足以清楚看見熱氣從水面裊裊飄升。陳紫潔的目光被勾著，不自覺漸漸抬頭，頸部緩緩伸長，鎖骨上依附的幾滴水珠悄悄滑回水面。一切的不悅和髒汙都在進浴缸前混著泡沫排入水溝，她深深呼吸，皂香在體內蔓延，全身隨之放鬆，剛離開水面的頸肩又浸回水中。

頭上，不透明的玻璃窗播放今夜的海聲，與樓頂不同，破浪聲不再磅礴壯闊，倒像隨興的節拍，毫無目的的吟唱。彷彿一切都不需要擔憂，陳紫潔只管輕鬆自在，享受完全屬於自己的時間與空間。屋外的海浪，以及這個讓她無視自責、拋棄一切的環境，都好不真實。

然而，她怎麼可能真的不在乎父母。

陳紫潔自小就知道要體諒父母，幾乎沒動過反抗的念頭，而今衝動離開，心中自然掛念父母。但，也僅此而已。

她不知道怎麼回去，該用什麼神情、什麼態度，又應該說些什麼？她唯一能預料的就是父母的責備，自己勢必要道歉。但是，除了蹺家，她到底做錯了什麼？

蹺家是錯的，逃避是錯的，那逼得小孩蹺家和逃避的人事物不就是大錯嗎？為什麼從來就沒人譴責那些大錯？不，或許有，但不是發生在她身上，那也就沒什麼好提的了。

「唉！」陳紫潔忍不住嘆了一口氣，這樣的自我辯論確實能合理自己的行為，卻沒辦法逃開良心的譴責。可她是真的累了，她一直盡可能不造成任何人困擾，一次就好，她只想放鬆，麻煩到的所有人，抱歉了，那真的不是她的本意。

其中，最困擾的肯定是WEN姐吧！明明只見過一次，卻厚著臉皮麻煩人家。可是，生日能變得開心，都是多虧了WEN姐。直到現在，WEN姐都沒有細問蹺家的事，這種體貼自己大概做不到。

「WEN姐話很少，但是人真的很好耶！又漂亮，又溫柔，親切。」陳紫潔忍不住讚嘆，旋即想到WEN姐剛才的話。她自知幫不上任何忙，唯一能做的，就是在默默祈禱WEN姐這樣的好人能實現願望，趕快找到對方。

「叩叩！」敲門聲後，緊接著WEN姐的聲音：「我把浴巾、牙刷什麼的都放在門外唷！妳今天很累吧！洗完澡就早點睡吧！」

陳紫潔思緒一斷，立刻坐直身子，水面和內心都激起漣漪，感激道：「WEN姐，今天真的很謝謝妳。」

「別客氣。」WEN姐停頓一下又道：「妳洗出來之後往客廳走，右手邊的房間給妳用，左手邊的是我的。嗯……我把妳房間的門打開好了，這樣比較好認。」

「謝謝。」

「別謝了，早點休息。」

WEN姐的腳步聲漸遠，陳紫潔才重新泡回水中。一股暖意包覆自己，明知道可能是剛剛起身，讓身子乾了一些，但陳紫潔不由得覺得，這些溫暖是WEN姐給她的。畢竟，從下午碰面到現在，她的心一直都是暖的，暖得她眼眶再次濕潤。

不久，陳紫潔出浴，摀著嘴頻打呵欠。整個屋子一片漆黑，只剩走到右手邊的房間洩出有些灰暗的白光。

踩著深胡桃色的木質地板，淺灰色的牆壁有股親切感。牆上，一張世界地圖的海報，地圖之上，沿岸地區有許多海底的照片。緊臨床邊的木桌上站了一盞鐵灰色的檯燈，那通電的燈泡也呈現灰白色。

陳紫潔記得WEN姐在火車上提過她的房東，一個愛跑船的中年原住民大叔。從裝潢推測，這八成是那個人的房間。陳紫潔看了一眼檯燈旁的行李，本想用手機看看時間，又馬上打消念頭。她想起自己在火車上把手機關機交給WEN姐，以免自己因為罪惡感而開機，硬生生被抓回去。

「反正明後天是週末，就待個兩天看看狀況吧……」陳紫潔低聲安慰自己，看向已經鎖上的門，她清楚自己這麼做又會給WEN姐造成困擾了。可現在她滿是睡意，連自責都沒有力氣，昏沉沉的腦袋已經無法控制眼皮，一切明天再說。

門外，走廊的另一側，幾步之遙，又有一扇門，門內是WEN的房間。

此時，天花板流出的鵝黃色燈光被米白色的牆壁關在牆內。這裡頭能行走的地方都被藍灰色的地毯填滿，只能從牆角處稍微看到底下的木質地板。

門口右方的牆全是隱藏式櫥櫃，正對門口的則是一整牆的窗簾，把落地窗完全遮蔽。再往左的那面牆緊靠著標準雙人床，床與落地窗之間的空位，放了一座梳妝臺。雙人床的另一側幾乎緊貼著牆，這道牆內是獨立衛浴，而浴室入口離床尾只有幾步而已。設計而言，這種安排會導致房門左手邊就是一堵牆，為了設置獨立衛浴只好如此。

褪下的黑色連身短裙與駝色大衣攤在床上，離浴室不遠的地上躺著不知何時磨破的絲襪。唯一被善待的大概是深褐色的長髮，能好好的放在梳妝臺的假髮架上，架旁的髮網縮成一團還沒整理。它們的主人就在浴室內。

源源不絕的熱水從頭頂澆下，水流憑藉烏黑的髮絲抵達臉頰與背部，在潔淨的肌膚上盤繞，時而分流，時而匯聚。或直接滴落，或轉入腹部，或一路滑過臀部，沿著大腿拂過小腿肚，繞過阿基里斯腱才肯落地。

WEN其實早已洗完澡，可她仍告解般低著頭。持續的淋浴仍無法沖走她的罪惡感，也沒能抑止內心久違的躁動，但這是她能力所及之內，最能讓自己平靜一些的方式。她知道自己犯了錯，當時理智不敵電話那頭痛徹心扉的呼救。

她不得不承認一切都過於巧妙。若不是房東大叔這時候回港，她也不會去北部，也就沒有辦法即時幫助陳紫潔。同理，要不是大叔臨時說他不回臺東，今天晚上房間怎麼分配都有些尷尬，總不能兩個女孩不一起睡，還要房東睡客廳吧！更何況，一個立刻答應協助的好心人說介意和她同房間，陳紫潔就算不起疑，也會覺得自己造成麻煩而有疙瘩吧！

WEN完全不希望陳紫潔承受這種自責。想起陳紫潔下午哭泣的模樣，那淚水應是悲喜相交，否則，陳紫潔一路上不會頻頻道謝又道歉。

國二，已經是懂得分辨許多是非善惡的年紀。WEN不相信陳紫潔不知道，央求網友帶她走是多麼危險的事情，尤其，她還把唯一可以聯絡外界的工具交給對方。

「她是真的很想逃離臺北。」這結論穿過水柱，打在磁磚上，卻沒能激起回音。

當然，這其中可能包含一些對於朋友的基本信任。但WEN鮮少在群組內說話，只針對一些話題回覆，這種程度的交流產生的信任，真的足以取代日常中看得見父母和同學嗎？

或許真的可以。畢竟，陳紫潔承受著霸凌，也不被父母重視。無論今天她為何蹺家，肯定是他們又做了什麼，否則她怎會如此崩潰。

想到這，WEN稍稍安心了。這樣推論下來，自己今天衝動行事，至少對陳紫潔是好的。那對她而言呢？WEN清楚這是個麻煩，其他的不說，她已經很久沒有與人相處了。她也清楚，是陳紫潔讓她想起以前的事情，同情心控制了她，才會答應紫潔的請求。

「過去……真不是什麼值得回憶的東西。」她輕嘆一口氣，關掉水龍頭。頭也不回就拿起卸妝油，正要傾倒，才驚覺自己已經洗完澡了。WEN再次嘆氣，一整天下來，她再怎麼從容也難免身心俱疲。

一面擦拭頭髮，一面踏出浴室，WEN不自覺望向房門暗忖。陳紫潔應該睡了，不知道她喜不喜歡那間房間？雖然不太少女，卻也是她一手布置的。

風格果然差太多了吧！WEN仔細端詳除去濃妝的自己，緩緩伸手輕撫臉頰，唯一的想法是慶幸這房間有獨立衛浴。WEN清楚自己必須戰戰兢兢，若一不小心被陳紫潔發現自己是這樣的人，不知道她會做何感想？

梳妝臺上，WEN的手機突然震動，是來自推特的新消息。一看，原來是早上在港口發的照片又被按喜歡了，便隨手滑掉通知。畢竟有幾千人追蹤，有時候有新的追蹤者，還會把舊照片都按過一輪，就會一連跳出十幾則以上。有人欣賞總是值得開心，只不過，偶爾會有人問「什麼時候會露臉」，真的很煩人。

第四章

早晨，湛藍的海面波光粼粼，海聲徹夜未歇。陳紫潔睡眼惺忪緩緩張眼，卻被陽光刺得再次闔上。昨日夜深，緊閉的窗外沒有一絲光線，她也就忘了拉起窗簾。

「這也太亮了吧！」陳紫潔輕輕皺眉道。但身處異地的新鮮感在體內鼓動著，她忍不住噗哧一笑，索性走到窗邊，壓著有些發燙的窗簾，讓高溫襲擊肌膚。這至少是乾爽的，與臺北過度纏人的悶熱不同，還有藍天白雲與大海砂地。「真的好美。」這辭彙在那些自認飽讀詩書的人眼中，肯定是貧乏的，可是，在這裡一切都如此自然，她也只需要率直的讚嘆。

陳紫潔悠然走出房門，聽到客廳有些聲音，便循聲前進，正好看到WEN姐拿出昨晚沒吃的蛋糕塔，從廚房走出來。WEN姐穿著無袖的純白連身裙，臉上已化了妝。陳紫潔不禁暗自佩服，心想：這就是成熟的女人，隨時注重打扮。反觀自己，就這麼穿著睡衣出房間，女人味對她來說還太早了。

「WEN姐，早安。」

「小潔，早啊！把昨晚的蛋糕當早餐吃掉好嗎？」

WEN姐左右手各端著一個，走向客廳。話雖如此，但客廳的家具只有一張長木桌與幾張椅子，與半開放式的廚房共用一個空間。

陳紫潔點了點頭坐上木椅，察覺客廳相當簡樸，與布置過的房間相比，客廳彷彿篤定不會有人拜訪一樣毫無擺設，除了桌子，就只剩入口處的鞋櫃。幸好，WEN姐背後的牆上設了偌大的落地窗，沒有窗簾，窗外的景色和她房間所見的角度幾乎一致。陽光被過濾後柔和流入，沒有開燈也能窗明几淨，稍稍緩和空虛冰冷的客廳。

陳紫潔知道這不是適合過問的事，說出來反而表示自己十分警戒，這對WEN姐很失禮。這種時候還是別想太多，享受難得的假日。

「今天氣溫好像滿高的，真不像秋天。」陳紫潔帶了話題。

WEN姐笑了笑，道：「是啊！我們等等去買食材吧！家裡只剩罐頭了，不能讓小孩子吃這種東西。」

陳紫潔一聽，滿懷感謝的抬頭。這位替她著想的人在明亮的光中，微微笑著，她忽然有種錯覺，彷彿看見WEN姐身後有一對翅膀，正緩緩展開，幾片半透明的羽毛緩緩飄落。

天曉得陳紫潔多麼渴望身邊有個人陪，她已經忘記上次與人結伴出門是什麼時候，或許並不久，但肯定不快樂，否則她現在怎會如此感激。可她再次思考「出門」這件事時，現實賞了她一巴掌。現在，真的可以出門嗎？徹夜不歸，父母應該已經報警了吧！父親可是律師，說不定臺東的警察已經在找人了。

陳紫潔驀然意識到，此時此刻，自己不是沒有家庭溫暖又遭受霸凌的國中生，是個逃犯。逃犯必須面對現實，正向的情緒都很難久留，眸中多是徬徨和迷惘，自由的同時也很不自由。

思緒在腦中糾纏，陳紫潔不斷眨眼，戰戰兢兢的說：「對不起……」她立刻把剩下的話吞了回去，阻止自己大聲驚呼。

她真的太過天真，警察怎麼可能只找她，一定也在找帶走她的人。陳紫潔埋怨自己的自私，怎麼這才發現自己拖累了WEN姐。WEN姐有發現嗎？自己該不該先開口？她既然意識到了，若是不說，未免太惡劣狡詐了。

「小潔？小潔？」WEN姐不斷呼喚，直到陳紫潔再次抬頭，才問道：「妳怎麼了？怎麼突然道歉？」

陳紫潔嘗試開口，發出嗚噎般的喉音，沒意識到自己的聲音正在顫抖，身體也有些蜷曲內縮，像極了一隻受驚的幼兔。WEN姐緩緩伸手，終於讓指尖輕輕觸及陳紫潔的手背。

「妳還好嗎？」

「我……」陳紫潔眼神閃爍，幾秒後才結結巴巴的說：「我不確定爸媽有沒有報警……我爸爸是律師，我在想……警察可能已經開始找我了。我不知道這種狀況下，我……還能不能出門？」

「也是。那我自己去買菜就好，妳有想吃什麼嗎？」

WEN姐一派輕鬆的接受，害陳紫潔更加良心不安。她沒能完整說出自己的疑慮，原來自己真的如此卑鄙。說什麼不想麻煩別人，結果遇到狀況，還是下意識只保護自己。其實自私自利，不想那麼快回去面對自己的人生。

「如果去人少的地方應該就沒問題了吧？」WEN姐忽然開口，陳紫潔愣了愣，不懂她為何這麼說。WEN姐解釋：「妳很想出門吧？剛剛看妳原本很開心。如果是人少的地方，應該不容易被發現吧？」

內心鼓譟卻不踏實的感覺，陳紫潔不知該如何稱呼，但也不知如何形容。真要用她微弱的表達能力來形容，她的字句勢必會像個沒拴緊的水龍頭，無法流暢，只能一滴一滴，耗時而彆扭的擠出一些如自來水般稀鬆平常的單詞。

滴，答！滴，答！

剛洗好的雙手沒有甩動，默默懸在水槽邊，任憑水珠被地吸引力，墜落，「滴，答！」，卻無法流入排水孔，只能不知所措的附著金屬表層。

銅製的門軸轉動，房門打開一些縫隙後，停頓了一會，才聽見繼續推開的聲響，關門聲與鎖聲之後，腳步聲響起。聲音越來越近，陳紫潔才回過神來，趕快甩乾手，把剩餘的水胡亂抹在下背。一轉身，便看到WEN姐。

WEN姐身上還是那套白裙，多了一件及腰的藍色牛仔外套，外套袖子已被捲到手肘附近，WEN姐的右手拎著一雙白色休閒鞋，左手則握著太陽眼鏡。改變最多的是她的頭部，深褐色的長直髮變成亞麻色的長捲髮。臉上戴著口罩，連那雙眼睛都有些不同，陳紫潔不知如何說明，總覺得比昨天甜美可愛。

「最近的超市離這裡也有一段距離，這趟出去可能會有點久。」WEN姐說著，便朝門口走去。

WEN姐要出門了。陳紫潔暗自警告自己，難道她真的這麼無恥嗎？這本來就是自己的戰爭，而她現在這種行為，就像是戰爭時獨自躲在壕溝底，明知前方戰況激烈，卻慫恿隊友衝出去。若要比喻，WEN姐不像一般軍人，而是被徵召來前線的醫生。如果真被連累何其無辜！明明從WEN姐那得到許多溫暖與善意，她怎能這樣恬不知恥，眼睜睜看她毫無戒心的出門。

眼看WEN姐穿上白鞋，準備開門，陳紫潔腦袋幾乎要爆炸了，連忙大喊：「WEN姐！等等！」

突如其來的一吼，嚇得WEN姐打了個顫，趕緊回頭查看。陳紫潔飛奔而來，一把抓住她的手。

「WEN姐，WEN姐，妳這樣出去太危險了。我們碰面的地方人那麼多，而且臺北車站感覺就很多攝影機，說不定妳已經被警察盯上了。」陳紫潔越說越激動，低著頭，頻頻道歉：「對不起，我其實剛剛吃早餐的時候就想到了，可是我很害怕，我不知道怎麼說，對不起，對不起……」

WEN姐忍不住咧嘴一笑，摸了摸陳紫潔的頭，道：「我還以為妳要跟我說妳想吃什麼了。」

良心不再自責，陳紫潔又有多餘的心思打量眼前帶著笑意的眼睛。這就是大人的從容和穩重嗎？或許WEN姐早就知道了，正因為知道，才沒跟她提起。陳紫潔鬆一口氣，幸好自己有開口，無論WEN姐能否接受她隱瞞，她自己絕對無法接受，這種自私太讓人羞愧了。

「WEN姐，妳不怕嗎？」

陳紫潔的語速和她放開WEN姐的速度一樣緩慢。WEN姐聽了，眼睛笑得更彎了，回答：「不怕，嗯……好吧！我也有點怕，但就算攝影機拍到了，應該還不知道我是誰吧！你看，這樣和昨天差滿多的，對吧？放心。」

還不等陳紫潔說話，WEN姐轉移話題：「天氣真的很好呢！果然應該出去玩，我想一下哪邊適合，等我回來再告訴妳。」

「不，那太麻煩妳了。就在這裡吧！」陳紫潔立刻回答：「在這個海邊！這裡人很少吧！我想看看海裡的景色。」

豈料，WEN姐有些驚愕，眼睛明顯張大了一些。陳紫潔察覺不妙，連忙解釋：「因為第一次見面，就是在體育用品展的那個時候，WEN姐妳不是買了潛水衣和面鏡嗎？我想說妳應該會潛水。」

「不，妳沒有誤會。」話雖如此，WEN姐思考半晌才問：「妳有在海裡游泳過嗎？」

「沒有，但我游泳成績還滿高的，也會很多姿勢。」

WEN姐微微皺眉，解釋道：「在海裡游泳和泳池游泳是不一樣的，而且水溫也差很多。潛水就更不用說了，越深越冷，所以才需要防寒衣。」

「那我再想想好了！」陳紫潔不願再造成更多麻煩，果斷放棄。

「嗯……如果只是玩水的話，今天應該沒問題。……我不是很專業，但如果只是在岸邊潛水的話，可能可以……我想想辦法好了。」

WEN姐要想辦法完成她願望，陳紫潔自然樂意，但剛才想說不要再造成困擾而已。想了想，又覺得自己待在這裡本來就是在麻煩別人，現在客套實在是得了便宜又賣乖。陳紫潔愣了幾秒，感激的道謝：「WEN姐謝謝，我這樣一個網友還一直麻煩妳。」

陳紫潔不喜歡這種不斷矛盾的感覺。她想任性的依賴別人，卻無法忘記大人其實都很辛苦，準確來說，是她的父母讓她清楚工作賺錢有多辛苦。縱使在掙扎時，她確定自己不想這麼快回去，腦海仍不時浮現爸媽疲憊的模樣。

陳紫潔自知不聰明，但尚且能從父母的言詞知道他們的想法。就父親而言，陳士仲從小就很喜歡動物，卻當了律師，常說法律其實沒辦法好好保護動物。而張玉珊則是厭惡這份工作，總是在抱怨自己的組員很草莓，害她一直加班。

無論父母是不是刻意說給她聽，陳紫潔就讀國小時已經牢記出這些訊息，所以，她一直努力不增加父母困擾。有時聽到一句「妳真懂事」或是「妳真乖」，她就覺得值得了。不知道是父母覺得理所當然了，還是自己沒辦法再進步了，她已經想不到方法面對那個環境。不然，她不會賭氣離開。如果學校或家裡有一個地方能讓她感到安心，她真的不會就這麼逃走。

想再多也沒用，事情已經發生了。陳紫潔搖了搖頭，再次強調：老師辛苦，父母辛苦，自己也很辛苦啊！好不容易逃出來了，再讓我多喘幾口氣。

「妳看，臺東的海岸很美吧！」WEN姐將陳紫潔的目光引向窗外，大海遼闊無邊，陽光化作白光倘佯，緩緩飄蕩。陳紫潔忍不住深深呼吸，明知道無法聞到海洋的氣味，但這股空氣也能作為一陣風，掃去一些煩悶。

「都來這了，沒讓妳看看東岸海底的景色，好像有點可惜。所以呀！不要感到抱歉，我真的沒有把妳當成麻煩。」WEN姐安慰著。這當然只是安慰，她還沒想到該如何帶她去潛水，但她就是想給陳紫潔安慰。「『對自己不滿意的時候，就去海裡，它能包容一切。』這也是那個人說過的話，滿有道理的吧？」

「WEN姐，謝謝妳。」

「小潔，別這麼客氣。我把妳帶回來，當然要好好照顧妳。」

WEN姐又摸了摸陳紫潔的頭，留給她一雙帶著笑意的眼睛，將門關上。

背著陽光緩緩下樓，影子被階梯與牆壁拉長、扭曲，醜陋得讓她停下腳步。樓梯轉角處，WEN被迫面對樓梯的氣窗，陽光像搜索逃犯的監獄探照燈一樣刺眼，WEN不自覺瞇起眼。

陳紫潔與自己相比太正直而燦爛了，明明經歷那些卻還替人著想。但就是這樣，WEN才會想幫助她。

現在，就像暫時收留一隻走失的小動物，在還給主人前，她都該好好照顧。雖然主因是同情，某些程度上，也是避免陳紫潔回去後，自己反而被她父母興師問罪。當然，WEN無法否認，有很大一部分原因是陳紫潔興奮和開心的笑容都洋溢著幸福，醜陋的大人，不，見不得光的自己也想沾染這種純真。

何況，她坦承了。WEN不在乎陳紫潔糾結了多久，反正在她出門前，光是陳紫潔不怕自己會為了自保而把她送去警局，提醒自己要小心警察……就算是獎勵她的勇敢與誠實，WEN說什麼也不能這麼善良的孩子回去受虐。

「警察，真的有辦法找到這裡嗎？」WEN淡淡咕噥，戴上墨鏡，直盯陽光一會兒，才又轉身下樓，步入黑暗。

※

昏暗的辦公室只有一個光源，位於張玉珊頭上的日光燈，像一盞慘白的聚光燈，提醒她正在這裡演獨角戲。名義上是來加班，其實是無法獨自待在家中，才想用工作麻痺自己。然而，她的算盤打錯了，即使坐到位上，仍無法抑止焦慮，更別說集中精神整理那些文字與數字交錯的資料。

張玉珊索性昂首癱軟在椅上，直視燈泡而有些發昏，便把右手蓋在眼前。她一直盡力平復心情，與昨晚相比，現在至少有辦法較有邏輯的思考。可張玉珊左思右想都無法否認，一切都亂了，她對女兒的印象、對母親這個身分、對家的看法都亂了。

她不解的事情實在太多了。為何自己忍耐多年、堅守工作維持的家無法留住女兒？為何原本懂事的女兒就這麼離家出走？為何女兒從未向她求救就這樣拋下她？

張玉珊越想越覺得自己不認識女兒。這樣如果紫潔沒那麼乖，如果紫潔至少能像自己當年那樣，她是不是比較有機會了解自己的孩子？不，她怎麼可能不了解自己的孩子，紫潔是真的很乖，那她為什麼毫無徵兆就突然蹺家？

最終，她得到一個合理的結論：「紫潔明明很懂事，怎麼可能就這樣蹺家，一定是那個網友用了什麼手段帶壞她。」

事實上，為了救回女兒，她已掙脫昨晚的錯愕，用陳紫潔的帳號聯絡上那名叫做「亞亞」的網友，雖說亞亞答應要來臺北協助調查，但也不知道到底有沒有幫助。除此之外，她也只能寫一篇尋人啟事，麻煩各種平臺轉傳、幫忙找人。

「我一定要趕快救回我女兒。」張玉珊咬牙切齒地的說給自己聽，並吁了一口長氣，移開右手，張開發顫的眼皮。

下定決心，張玉珊不再焦慮，「找到女兒」就像一個行程被插入行事曆中，要求自己冷靜處理這場意外。張玉珊旋即打開網頁，協尋紫潔的那篇文有被轉發但沒有任何回應，畢竟這個協尋平臺沒什麼人瀏覽。

「總會有辦法的。」張玉珊想起新聞常引用全國最大的匿名社群網站，她便抱著希望，根據網路文章的教學申請了帳號，卻發現新帳號還要經過審查才有權限發表文章。剛燃起的信心立刻被潑冷水，張玉珊一時也不知還能去哪，她也有臉書的帳號，但她沒幾個好友，在那裡發文和協尋平臺一樣沒效率。

忽然，手機響起，張玉珊連忙接聽。

「喂?張玉珊嗎?妳好，這裡是中正一分局。」

「是，我是，你們找到紫潔了嗎？」張玉珊驚喜的問。

「抱歉，還沒有。為了增加線索，你們今天能來中正一分局作詳細一點的筆錄嗎？」

「好，我馬上聯絡我先生。」張玉珊有些失望，但既然已經交到分局了，就表示昨晚警察沒有騙她，她也因此多了些希望。

可陳士仲不同，他處理民事案件時也找過警察，多年來也遇過一些敷衍了事的警察。人民認為重要的事情，在他們眼中就是妨礙破案率的雜事。這些糟糕的傢伙屈指可數，可難保陳紫潔的案子不會交到惡劣警察的手中。陳士仲現在可是當事人，凡事都該小心為上。這也是他請宋君信來事務所的原因。

宋君信穿著無趣的純白襯衫與西裝褲，坐在沙發上，咖啡也不喝，就這麼直盯著陳士仲。這是他們大學畢業後第一次見面，雖然不是了無音訊，但也就是偶爾在臉書上聊天的程度而已。

這倒也不是因為交情過淺，相反的，陳士仲大學時最常與宋君信一起行動。雖說宋君信畢業後成為檢察官，而自已經手的多是民事糾紛，幾乎沒有機會遇到檢察官，但這也不是主因。老實說，原因是他實在很不擅長應付宋君信。

在陳士仲看來，宋君信天生就是檢察官的料。他開朗樂觀，富有正義感，嫉惡如仇，情商高，最重要的是，他對系上的所有課程都充滿熱忱。當時，宋君信幾乎把所有的課都修了，先不論學分費花了多少，他每學期都超修，每科居然都拿高分，最終也理所當然的成為他們那屆的法學院畢業生代表。現在想起來，陳士仲仍覺得可敬又可畏。

反觀自己，基本上就是勉強自己讀書，拿個中上的成績畢業。畢竟，他當初想讀的其實是分數較低的獸醫系。父母不斷「溝通」，陳士仲又是家裡唯一的孩子，實在捨不得父母失望，無奈之下還是把法律系填在獸醫系前。

「當年聯考，我每一科都報名，還可以在臺大選科系，真的已經很厲害了。聽爸媽的讀法律，出來還是可以用法律保護動物吧！」這理由看來冠冕堂皇，卻只夠他自舔傷口，「動物保護法草案」於民國八十六才在立法院提出，那年他已經大三。

陳士仲忘了是在什麼狀況下，曾經和宋君信提起這件事，那時，宋君信只回答：「不能做自己想做的事情，不能掌握自己的人生，你將來可能會很累。」他無法否認，甚至可說是完全認同，這也難怪他每次看到宋君信對正義的執著、求學熱忱，就羞愧不已。

「士仲，我們也有一段時間不見了。」宋君信喝了一口咖啡，感嘆道：「我很遺憾一見面就聽到這種消息。說來諷刺，案件發生到在上法院之前，我們其實與一般人差不多。法律本來就是最後手段。」

宋君信說的沒錯，陳士仲本還安慰自己身為律師總有方法找回女兒，絞盡腦汁卻只確定，那些知識對搜索根本毫無用處。這次連徵信社無能為力，他必須仰賴警方，但他實在無法完全信任他們。

「有事才聯絡你，是我比較抱歉。」

「沒關係。」宋君信本想說「我知道，你對這份工作沒有熱忱。每天都很辛苦吧！」但此時說這些實在太不識相，便改口：「放心吧！中正一的話，辦案都很認真。最資深的姓李，我忘了叫什麼了。反正，那是個大哥，除了討厭同性戀還有不夠陽剛的男人之外，沒什麼問題。」

此話一出，陳士仲才想起，他和宋君信當時是在談為何要讀法律系。而宋君信那時候說：「我弟比較女性化，結果上學被人欺負。他被欺負也不敢說，要不是我發現他想自殺，我可能永遠都不知道他為什麼想不開。我想從法律改變社會，讓和我弟一樣的人們能被國家保護。」可就在他考上檢察官隔年，發生了葉永鋕事件。宋君信為此打電話來，帶著哭腔醉醺醺的說：「士仲啊！我錯了！如果我去年考警察特考，我可能就有辦法幫到葉永鋕了。」

陳士仲知道宋君信喝傻了，從現實面來看，就算他八十七年真的考上警察，他也沒辦法阻止這場悲劇。那次之後，宋君信就斷了聯絡，而陳士仲也沒有主動聯絡他。多年過去，陳士仲再次得知宋君信的消息，是他針對刑事的案件作風特別強硬的傳言，似乎還得罪了一些權貴。而後，又過了幾年，臉書崛起，他們才搭上線。

這時，陳士仲手機響起，是張玉珊來電。他說了聲「抱歉，我接個電話」，本想出去接，但想到自己對宋君信這般無情，對方收到他的訊息還盡速趕來，總覺得走出去實在太過失禮，便直接接起電話。

「喂？怎麼了？」

「我現在跟君信在我辦公室。」

「對，大學那個。」

「嗯，可以，他待會也有事情，我們直接在中正一碰面。」

「真的嗎！」陳士仲突然驚呼，原本飄忽不定的目光立刻拉回宋君信身上，兩人四目相對，陳士仲繼續說：「沒事，嗯，待會見。」

掛掉電話，陳士仲的臉上難掩欣喜，道：「我老婆說到李偵查佐手上了。」這份喜悅他當然不能跟張玉珊說明，就怕張玉珊跟著他一樣不信任警察，一顆心懸著難受。

「太好了。」宋君信笑答：「這案子應該很快就會送到我們這裡，就算不是我接手，我們這裡的其他檢察官也都很優秀的，放心。」

「謝謝你了，君信。」

「那個，士仲啊……」宋君信突然嘆了口氣，幽幽道：「我知道這時機說這個不太好，可是，你要知道我們學法律，不只是為了自己的目標或是自己喜愛的事物。你身為律師應該也希望能幫助世人。可是，據我所知，你接的那些民事糾紛大部分都沒有幫委託人取得最佳利益，有些案子，如果你有心，其實能表現更好……」

宋君信應該是想對著陳士仲的眼睛說話，但眼神時不時飄開。或許是連他都受不了這樣的自己了，用力搔了搔頭，道：「唉！我不會說啦！……反正，紫潔的事情之後，你好好考慮一下吧！」

「抱歉吶！我明明是擔心你才來的，但是，一看到你又忍不住想說一些什麼。」宋君信拍了拍他的肩膀，離開前還是說道：「之後，再一起吃個飯吧！我先走了。」

目送宋君信離開，陳士仲內心五味雜陳。記憶中，宋君信應該更伶牙俐齒一些，可剛剛那一串話有些不著邊際。陳士仲猜想得到，宋君信是想告訴他「如果仍執著在動物身上，要不就別當律師了，這樣對你還有委託人都比較好。」但宋君信也知道他已經苦撐很久了，加上現在首要之務應該是紫潔的事情，宋君信才會亂了腳步，說得不清不楚。

談話間，陳士仲便能感覺到，宋君信一直關注著自己，替自己擔心。如此溫柔的友情要他怎麼承受？久違的羞愧感再次包圍陳士仲，他無法面對自己真正的想法，只會以現實考量當作藉口，在自己身邊頻頻設下障礙，自怨自艾，又認為非志願的工作能做到這種程度已經很不錯了。

這些，他早在大學就知道了，卻放任自己走到現在，搞得女兒不告而別下落不明。這就是他永遠無法像宋君信一樣享受生活的原因。

透過透明玻璃，陳士仲仍看著宋君信離開的方向，遲遲沒有收回目光，總覺得，就這麼讓他在眼簾消失，與他的差距就會更大。反覆咀嚼著宋君信的話，陳士仲認為宋君信搞錯了一點，他並不討厭這份工作，否則怎麼在業界待這麼久。只是，也正如宋君信說的，他想追求自己喜愛的事物。

「所以我才會搞成這樣嗎？」陳士仲終於收回視線，收拾自己的東西，自言自語：「掛念自己的夢想果然會妨礙人生嗎？」

※

青島西路附近車位難找，陳士仲繞了一會兒才找到車位。走到中正一分局時，已經下午四點，而張玉珊正好穿越斑馬線走向這邊。兩夫妻沒有寒暄，走進分局，值班警員立刻起身詢問來意。

「偵查隊的李善德要我們來做筆錄。」張玉珊回答。

在警員陪同下，夫妻倆走進派出所的辦公區，一路走到最裡頭的位置。李善德就坐在電腦前等待他們。

「你們好，我是李善德，我們直接進入正題。你們看，根據你們提供的照片，我們調閱臺北車站的監視器，確實有看到陳紫潔與一名女子碰面。並且和她往臺鐵的閘門方向前進。」

李偵查佐一邊說著，一邊打開側錄的監視錄像。果然，看到褐色長髮的女子和陳紫潔碰面，陳紫潔接過女子的東西後，奮力抱住她，又隨著她離去。另一段，則是拍到兩人走入臺鐵南下列車月臺。

陳士仲看了一會兒，皺著眉頭道：「這個女的頭髮長髮又低著頭，很難看清楚長相。你們知道他們去哪裡嗎？」

「目前還在追查月臺的監視器畫面。」李善德回答：「週五傍晚人潮大多，目前還無法確定他們上了哪一臺列車。」

張玉珊思考了一會兒，問道：「那車廂上的呢？」

「為顧及隱私，臺鐵車廂上沒有安裝監視器。」李善德冷靜答道。

「那定位呢？LINE呢？」

「那支電話已經關機可能也拔除了SIM卡或電池，我們無法追蹤位置。至於LINE，他們是外商，沒有與警方合作，所以無論是記錄還是定位都沒有辦法回追。」李善德解釋完，改用安慰的口吻說：「因此，才需要你們盡力配合，希望你們能多提供一些線索。」

「我有和陳紫潔的另一位網友聯繫。」張玉珊說著，拿起手機點開網頁，遞給李善德，網頁顯示的是某個人的推特頁面。確實，這個人的網路暱稱是「ωεη」，但大頭貼只有露出嘴唇與下巴，無法判斷與監視器上的女子是否為同一個人。

「這是紫潔的另一名網友給我的，她說她週日才能上臺北來幫忙做筆錄，所以先給我這個網頁。她認為這可能是WEN的社群帳號。」張玉珊補充道。

李善德隨意滑動貼文，裡面有許多只有露出身體局部的照片，便說：「我們警方會找專業人士畫出嫌犯畫像，拼湊出這個帳號主人的模樣。若真的一致，或許可以進一步調查。」李善德所指的自然是查對方ＩＰ，但推特是國外網站，似乎沒有和臺灣簽司法互助，就算寫信向對方申請，對方也不見得會回覆。就算有回覆，勢必也需要幾個月的時間。

陳士仲不是非常清楚細節，但清楚最好的狀況莫過於直接知道對方是誰。若知道身分，應該能以監視器畫面請檢察官核發拘票、搜索票。不過，監視器也好，社群帳號也好，有新線索都很值得高興。

一旁，李善德打開筆錄的頁面，說：「接下來有幾個問題，根據筆錄，你們說上次和女兒談話是關於轉學的事情。可以詳細描述一下當時的狀況嗎？」

夫妻倆交換眼神後，張玉珊緩緩開口：「那天是在紫潔國一的寒假，應該是過年吧！紫潔突然跟我們說她想考體育班。

『體育班？為什麼突然想轉學？』我當時覺得很疑惑也有問她。

她看起來也沒自信我們會答應，但還是回答說：『因為我成績太差了，我只擅長體育。』這一聽就知道是在逃避課業，我當然不能同意這種心態。

『可是妳成績這麼差也沒辦法轉學吧？』我忘了是我還是我老公這麼說。

紫潔不太服氣，回說：『我會為了轉學努力，讓我試試。』

『那妳現在怎麼不先試著跟上大家的程度？還是只肯為了轉學努力？』

我話剛說完，老公也開口了。

『妳說妳試試？妳以為那些去考體育班的人多努力，人家國小就已經是體育班了，他們從小就立志要當國手，和妳這種只是不想讀書的人不一樣。』

我老公大概是覺得紫潔太過天真，而且心態也不對，所以口氣不是很好。紫潔那時也不知怎麼了，居然大喊：『我也想當國手！』紫潔從來不會這樣沒禮貌的，所以……」

張玉珊欲言又止，偷偷看向陳士仲，陳士仲看向他處，完全不給回應。李偵查佐放下筆，問道：「所以？」

「我當時賞了她一巴掌。」陳士仲默默把視線拉回，盯著桌面，說：「我告訴她『國手能賺錢的時間很少開銷又很大，妳如果只會體育，一定會餓死！』她就哭了，什麼也沒說，把自己鎖在房間。」

「紫潔之後就沒有再提這件事情，但她的成績還是沒有及格。」張玉珊補充道。

「那你們呢？你們還有提到體育班的事情嗎？」李偵查佐繼續問。

這次，陳士仲眼神閃爍，頭微微轉向，似乎想看向妻子但忍住了。而張玉珊如他所料，瞬間溼了眼眶，道：「紫潔蹺家那天，我留的字條上有提到。」

「妳寫了什麼？」

李偵查佐如獵鷹般直盯著張玉珊不讓她有任何逃避的機會，張玉珊不由得恐懼，石化般無法移開視線。她自知那張字條對紫潔的傷害，滿懷愧疚的落淚，滑在顴骨附近就被張玉珊伸手拭去。

「妳、妳這次段考又全部不及格，妳要是再不認真讀書，我就讓你去補習……每天晚上加六日，看妳怎麼玩……不要以為妳擺爛我就會讓妳去讀體育班。」張玉珊努力回答，李偵查佐能理解陳紫潔當時的感受，輕輕嘆了一口氣。張玉珊立刻如觸電般激動而自責的解釋：「我不知道她在學校被霸凌，我以為她就只是不喜歡讀書。最近工作又很多事情，我才會寫這種東西。」

「你們可能沒想到，但你們的女兒有沒有可能國一就被霸凌，轉學其實是為了逃離霸凌？」

李偵查佐一面紀錄一面淡淡問道。過了半晌，抬起頭，夫妻倆只報以訝異的神情，可見他們從未想過這點。

「好吧。」李偵查佐緩緩說：「這也只是我的猜測，她當時也可能是單純想讀體育班。」

陳士仲不得不承認，當時，他們一心想阻止女兒追求不切實際的未來。小孩總有夢想，可是，長大後才發現夢想無法實現就來不及了。沒有人關心那些當不成國手的人，陳紫潔成績又差，一旦那條路失敗，肯定會被夢想吞噬，養不活自己。

「我不是要破壞她的夢想，我現在的路也不是我當初想走的。但我確實比較不適合當老師。」

陳士仲不喜歡妻子告解似的坦承想法，這些事情對案情沒有幫助，不需要向警察說這麼多。但他認同妻子說的，連自己的小孩都顧不好，要不是岳父岳母當初阻止，她現在不知道害了多少孩子。

父母都是過來人，怎麼會不懂這些。陳士仲自己是最好的例子，父母為了讓他翻身，兩個人做四份工作，傾全力把資源投在他身上，所以，他沒有反抗，按照他們的期望讀法律、當律師，聽從他們安排是最好的回報。

事實上，現在也過得不算差，就只是很忙碌罷了。陳士仲認為開心與否本來就不重要，成長的過程本來就不得不向現實低頭。人生，需要的只有覺悟。在陳士仲看來，自己就是覺悟不夠。喜歡動物本是私慾，至今還不能完全放下，宋君信才會說那番話。這種教育方法沒有錯，陳紫潔這麼懂事，現在不懂，以後也一定能理解。

「可是，紫潔就這麼蹺家了，我們是不是真的做錯了？」

對面情緒激動的民眾，李偵查佐沒有回答。陳士仲對此很滿意。一個外人，本來就不該對別人家的教育方式指手畫腳。不想讓妻子再這種沒有幫助的自我揭露，陳士仲淡淡說：

「霸凌不是我們可以控制的，那是霸凌者的錯。」

張玉珊欲言又止，眼神不斷飄移，陳士仲回以銳利的眼神，暗示妻子不要再多說。

「每個父母都有自己的教法。」

李偵查佐終於回了一句，舒緩張玉珊的情緒，可是，就陳士仲看來，這句話並不完全是安慰和肯定，反而是不認同他們的教育方式。

筆錄的流程結束。兩人跟在李善德之後，走到警局門口。

「我們真的是為了她好。」

張玉珊輕聲道，像是怕人不知道，硬要說些什麼要反駁似的。

李偵查佐沒回頭，也沒回應。確實，從他們敘述，李善德相信這兩個人的出發點是因為愛。不過，愛和知道如何愛是兩回事，這種蠻橫的教育不可能是最好的。

三人走到值班臺，陳士仲突然提問：「你們有聯絡紫潔的老師嗎？上次做筆錄我們有提供他的電話吧！」

「我們同仁已經聯絡她了，但她堅持要收到通知書才要來。這是她的權益。」值班警員解釋道，為防止家屬激動，補充道：「如果線索太少，我們還是會直接登門找她。」

「可以請你們再打一次嗎？按擴音。」陳士仲態度強硬。

值班警員有些為難，用眼神向李善德求救，李善德卻冷淡回答：「他想確認你就打吧！晚上了，如果那個老師改變主意，就讓她明天過來。」

※

回到家，陳士仲立刻躺坐在沙發上歇息，看張玉珊關上鞋櫃，走進客廳，立刻說：「妳真的應該冷靜一下。像剛才，妳沒必要和警察討論教育，那又不能幫忙找人。」

「我在反思啊，」張玉珊不明白丈夫為何特地開口糾正，但她能肯定，這個男人認為她的行為很多餘。「如果我們都是對的，紫潔怎麼會突然蹺家？」

「她是被網友拐走的。」

「這我想過，但妳不覺得是我們給網友機會拐走她嗎？」張玉珊靠近陳士仲，懇切的問：「你認真想，你了解她嗎？我這兩天深刻發現自己不了解她。」

「我們讓她衣食無缺……」

「那是物質生活，我們沒有跟她交心過。」

張玉珊在陳士仲旁坐下，低著頭，說：「她連被霸凌都不敢說，就一直默默扮演乖孩子，我真的越想越心痛。」

「現在的小孩本來就不會跟父母交心。」

陳士仲的話傳入張玉珊耳中格外冰冷。

「我們走後，能給她的也只有物質。現在經濟這麼差，我們這麼要求也只是怕她以後養不活自己。做為父母，為孩子選擇一條平坦的路，這樣錯了嗎？」

「可是，士仲，你過得開心嗎？」

張玉珊抬頭望著丈夫，濕潤的雙眼讓陳士仲欲言又止。

「我知道，你會說那不是重點，但我希望我女兒開心的生活。」張玉珊又哽咽了，「我真的對她很抱歉，我居然讓事情變成今天這樣，才知道我們錯了……」

第五章

薛瑞琪一早心情就不好，嚴格說來，應該是昨天就不好了。現在想起來，她還是滿腔怒火。真不該接那通電話！

她本來已經把雜事全部處理完，靠在懶骨頭上，想挑片評價不錯的喜劇電影，好好享受假日。豈料，手機螢幕突然一黑，變成來電顯示，是沒有顯示的市話號碼。薛瑞琪拒絕給家長自己的LINE，以免他們仗著免費軟體騷擾自己。可只給他們手機號碼也有缺點，每個陌生號碼打來，都有可能是某個家長，她怕被投訴也不太敢漏接。

翻了個白眼又深深呼吸，薛瑞琪才用平淡而親切的口氣接聽：「喂？」

「你好，這裡是中正一分局。」值班警員聲音一出，薛瑞琪立刻不屑的咂嘴，口氣毫不掩飾，不悅道：「我不是說了嗎？你們沒給我通知書就別想要我浪費自己的時間跑一趟，不然現在詐騙這麼猖獗，誰知道是不是詐騙。」

電話另一頭一震吵雜，薛瑞琪正要掛掉電話，另一個男人聲音響起：「薛老師，我是紫潔的爸爸，這裡是中正一分局沒錯！我已經知道我女兒在學校的狀況了。請你來協助警察尋找我女兒，不然像你這樣的老師，我身為律師，有很多名目可以提告，而且是走刑法。」

薛瑞琪一愣，內心一把無名火頓時猛烈燃燒。她其實不是質疑來電者的警察身分，她只是不希望有人打擾她能身為普通人的安寧假日。就算陳紫潔真的蹺家，那也是她家的事，為何自己非得特地犧牲假日跑一趟不可？

眼下，陳紫潔父親用法律壓人，擺明在強迫她，還提及霸凌的事情，這要她怎麼不怒。

「你女兒自己做人失敗被霸凌，要我想辦法，現在蹺家又要我想辦法。那你們做家長的到底有什麼用？只負責報警和責怪老師？」

薛瑞琪一邊低聲抱怨，一面盯著紅燈倒數。三、二、一，綠燈一亮，薛瑞琪急催油門，奮力前衝，想用速度感代替她朝陳士仲咆哮。可這畢竟是憑著政府補助分期買下來的電動車，笨重的車身實在很難讓她有快感，騎這麼快只是浪費電罷了。

妥協之後，薛瑞琪改用抱怨宣洩怨念，反正全罩式安全帽內，怎麼碎念都不太可能被聽到。

「我之所以拚命在週六送出成績，就是為了有個悠閒的週日，結果一通電話就毀了！啊！煩死了！」薛瑞琪摘掉安全帽後，終於在空無一人的停車場裡大聲發洩怒氣。這一路上只能小聲抱怨實在不夠抒發她的怨恨。

薛瑞琪三步併作兩步，只想趕快做完筆錄，回家休息。

然而，薛瑞琪剛踏入分局，聽到警員請「許淑亞」進去做筆錄。薛瑞琪大概猜到是怎麼回事，但還是抱持一絲希望向值班警員說：「我是來做陳紫潔案子的筆錄的。」但事情就如同她所想的，值班警員要她等一下，因為已經叫許淑亞去做筆錄了。

薛瑞琪辦稍稍瞇起眼，看著許淑亞的背影。倒也不是因為晚了她一步就怨她，但薛瑞琪真心希望這個大姊不要花太多時間。

許淑亞就是「亞亞」，一個擅長登山、攀岩的婦女。龐大的運動量讓她保持姣好的身材，除了婚喪喜慶，她日常出入永遠都穿運動服，如果精心打扮再注意舉止一些，完全看不出來已經46歲。

「妳提供的網站我們已經畫出人像了，妳看看。WEN是不是長這樣？」李善德說著，拿出畫像。經繪製者判斷，監視器上的網友，極有可能和那個推特帳號的主人是同一人，而這張圖便是結合兩者繪製的長相。

許淑亞從李善德手中接過畫像，總覺得有些出入，左右端詳了好一會兒，終於想到原因，便把畫像轉向李善德，一一指正道：「對，但是吼！我覺得你們畫得太過中性，她的鼻翼沒那麼寬，鼻子應該更挺一點，這眼神太無神了。然後，她臉頰可能比較大，她常常用頭髮遮側臉。」

「妳確定她長這樣？」李善德聽到這麼多修正，不禁懷疑。

「真的啦！妳不知道，她長得真的很漂亮！你們看那個帳號裡的照片，不覺得她感覺就很漂亮嗎？她最好看的就是那個眼睛，給人一種，嗯……滿月的感覺，柔和又明亮。」

李善德拿回畫像端詳，無法理解許淑亞所說的，更不知道許淑亞是指哪張照片。那個帳號上傳的照片，都是一隻眼睛或一雙腳掌之類的，沒有一張照片是完整的長相，連網美喜歡的全身背影照都沒有。雖然說畫出的人像長相端正，可李善德不認為有許淑亞說的那樣動人。然而，許淑亞見過本人，李善德只能將她的話當作線索，特別標記在筆錄上。

「既然妳確定這是WEN的社群帳號，我姑且問一下，妳為什麼能找到？」李善德問道。

「這要從我認識她們，我是說小潔和溫，我都叫她「溫」啦！因為WEN太拗口了。我曾經問她是不是姓溫，可是她都沒正面回答我。唉唷！反正要從認識她們那天說起。」許淑亞說話的方式有些聒噪，手勢也很多，若太注意那雙手應該會眼花撩亂，與凍齡的外表非常不搭。「那天是體育用品展，全館消費一定金額的話可以打折，而我買了很多露營用具本來想說有到達金額，結果還差一點。我就把我後面兩個人的東西也一起結了，她們就是小潔和溫。」

「妳還記得她們各自買了什麼嗎？」

「小潔買的是肌內效貼布，你知道肌內效貼布嗎？就是沿著肌肉貼，可以減緩痠痛的那種貼布，有很多顏色的。」許淑亞說著，一面比劃著自己的手臂，直到李善德點頭說知道，她才繼續說：「溫買的是好像是潛水要穿的，很多人叫它『潛水衣』，但我知道那不叫潛水衣……唉！我忘記叫什麼了。喔！然後她還買了面鏡。」

「WEN會潛水嗎？」李善德一邊紀錄一邊提問。

「這我不知道，可能會吧！她感覺很喜歡海。」許淑亞想了想，為難的說：「哎呀！差點忘了要講什麼，警官你等我整個講完再提問啦！」

「總之，後來她們想給我錢，但一直找不開，我就帶她們去喝下午茶。順便加了她們的LINE，我想說大家都喜歡運動，就創了一個群組可以聊運動。小潔那時候還滿開心的。」許淑亞從自己包包中拿出水瓶，一口氣喝掉半瓶，繼續說：「因為溫都不太說話，我越想越覺得她太神祕了，就把他的綽號在好幾個網站上都找了一次，然後就在推特上找到她了。我自己覺得是她啦！有幾雙的腿很漂亮，跟她的腿形狀很像。」

「妳在她的面前肉搜她？」李善德不敢置信有人敢這麼失禮，但許淑亞卻笑著說：「當然沒有被她看到，我有這樣遮住，她沒看到啦！不過吼，她過了幾天就改網路暱稱了，她原本都是小寫，改成不知道是什麼符號拼成的『W、E、N』。」

許淑亞不流暢的在桌上寫出「ωεη」。

「妳說她喜歡海洋，那她跟妳們聊過海洋嗎？」

「那天我為了跟她聊天有提過一次，她的話也真的變比較多。說她小時候聽朋友說過亞特蘭提斯的故事，所以她對海很著迷。印象中，她好像說過她相信亞特蘭提斯是一片樂土，而且真的存在什麼的，但我對那個沒興趣，沒有認真聽。」

許淑亞說著說著話鋒一轉，突然說：「我會來是想幫助妳們找小潔沒錯啦！但我要強調，警官你要寫進筆錄喔！在我印象裡溫安安靜靜的，很會打扮，就是個滿瘦的美女而已。我不懂她為什麼要帶走紫潔，她很少在群組裡說話，好像對別人的人生沒什麼興趣。可是，感覺應該不是壞人啦！」

許淑亞的聲音真的不小，情緒激動時，坐在警局門口旁的薛瑞琪都聽得到一些內容。

「我告訴你！小潔真的很辛苦！她之前在我們的群組裡有跟我說過，她在學校跟家裡……」

此話一出，薛瑞琪立刻戴上耳機，並在心裡覆誦每一句歌詞，直到警員請她進去。

薛瑞琪也不等許淑亞先出來，就擠進辦公區，在李善德面前坐下。李善德也不抬頭，繼續書寫記錄。

正巧，警局門口傳來陳士仲夫妻的聲音。

「請問妳就是『亞亞』嗎？我是紫潔的媽媽。」張玉珊語氣滿是感激，道：「真的很感謝妳來這一趟。」

「不用謝，小潔是我的朋友，我也把她當自己女兒看待。我也希望可以早點找到她。」許淑亞說完後，停頓一會兒，又說：「她回來以後啊！你們不要罵她，然後，你們不要再加那麼多班了，多陪陪她。」

薛瑞琪嗤之以鼻，她認為許淑亞只會說些垃圾話。加班是妳說不加就能不加的嗎？如果不加，薪水足夠養家活口嗎？以為幫助人就能說這種自以為有用的建議，可笑！

對面的李善德闔上許淑亞的紀錄本，往左邊一放，又從右手邊拿了一本新的打開。他從薛瑞琪走進來就注意到她臉上滿是不屑，想想昨晚陳士仲的手段，便不和她計較了。

「找妳來是為了了解陳紫潔平常在學校的狀況，她和網友說她在學校被霸凌，這件事妳知道嗎？」

「她有來跟我說過幾次。」薛瑞琪冷淡回答：「我都有按照程序處理，說實在的，她也沒受傷，同學不過是開玩笑而已。」

「就妳的觀察，陳紫潔有沒有什麼喜好或是比較好的朋友？」

「沒有。」

「她離家出走那天是十月二十一日，她那天有去找妳嗎？」

提到十月二十一日，薛瑞琪身子突然一顫，原本泰然而囂張的氣勢削弱不少，思考半晌後，回答：「她說班上同學把魚缸砸在她桌上。」

「妳剛剛說同學是開玩笑，妳覺得砸魚缸也是玩笑嗎？」

李善德的口氣不以為然，傳入薛瑞琪耳中滿是刺，擺明在質疑她是不是沒有常識。衝著這點，薛瑞琪一定要教教這個警察教育工作者的「常識」。

「這不是砸魚缸的問題。」薛瑞琪後傾靠到椅背，眼神滿是輕蔑，似笑非笑的說：「她說霸凌，請問證據在哪？我當時不在場，班上也沒人幫她講話，教室沒有監視器，我沒證據是要怎麼確定到底事實如何？難道你要我沒憑沒據的去通知對方家長嗎？」

薛瑞琪口氣越發強硬，對門外漢無聊的正義發出的恥笑與不滿。李善德不是沒遇過這種教師，但薛瑞琪年紀輕輕，李善德沒想到她教學的熱忱這麼快就消磨殆盡。

「所以，妳其實一直都知道吳育奇帶頭欺負陳紫潔？」

「要說幾次，那不是重點，重點是沒證據。你知不知道有多少老師都因為這樣子被家長羞辱，有的被投訴、有的被告，還有的當場被打。」薛瑞琪越說越激動，這些人都希望老師遇到霸凌要當正義使者，可事實呢？事實是這些老師都只是炮灰。「我只是個老師，你真的認為我有那個權力可以處理這種霸凌嗎？我為什麼要拿自己工作開玩笑？」

「這麼說來，妳其實也認為她被霸凌吧？」

薛瑞琪發洩後稍稍冷靜，深呼吸，繼續回答：「她就是成績不好會被大家拿來開玩笑的程度，我也制止過了。這種事情本就不是我們老師說一句就能阻止的。她自己也知道自己是因為成績差才會被取笑，又不認真讀書。」

「但我從陳紫潔的對話紀錄來看，她成績已經有進步了，只是還不及格。妳都沒有注意到嗎？還是妳本來就不太關心學生？」

「不是我不關心，是學校和家長只看成績。」薛瑞琪挑了挑眉，李善德沒有任何反應，她便笑道：「再說，一個班這麼多小孩，我也有自己的人生，你希望我多關心他們？」

「現在是妳的學生被霸凌到離家出走，妳覺得妳毫無責任嗎？」

「這是要思想審查嗎？我一切照程序走，該做的我都有做。她那種狀況，要不她自己攻擊回去，要不就是轉學。自己的人際關係都不知道怎麼處理，只會奢望老師有所作為，別笑死人了。」

薛瑞琪冷哼一聲，她老早就想跟那些不負責任的家長，還有不懂體制的社會大眾說了。既然陳士仲破壞她的假日，她就要趁這個機會讓這群人知道他們有多無知。不經意間，薛瑞琪已經抱起胸，口氣更加囂張。

「說句難聽的。如果這樣就承受不住，出社會怎麼辦？難道要跟老闆說同事霸凌你，要老闆來管秩序嗎？」

「看來妳真的什麼都不清楚，筆錄就做到這裡。」李善德低頭寫完註記，把影印出來的紀錄遞給薛瑞琪確認簽名。同時，眼神銳利的盯著，收回紀錄時，李善德冷不防的問：「你們老師也是公僕，妳真的認為妳用這種想法當老師沒問題嗎？」

「哼！你才公僕。我已經犧牲假日來做筆錄，還不夠？我就是個普通的『人』，我俯仰無愧就行了。」薛瑞琪起身，本來要走，總覺得不夠痛快，又回頭補道：「社會給老師過多道德責任和期望，也不管我們能不能負荷，還希望我們拿自己前途當賭注，滿足他們幻想中完美教師的形象。呵！」

「這種事我才不幹。」薛瑞琪徐緩卻有力的甩下最後一句話，轉身離去。

薛瑞琪是第一個把話說這麼白的老師。李善德恍然大悟，難怪他每次辦案，有些資歷的老師大多都是充滿無奈。看著筆錄，想了想，李善德能理解，但終究無法體會老師們的心情。

他和陳士仲、張玉珊這種被父母掌控人生的人不同，也和薛瑞琪這種為了穩定薪資才擔任公務人員的人不同。李善德是因為憧憬父親而努力，也順利當上警察。擔任已經沒什麼警員想做的偵查佐，固然辛苦，可這也讓他感到滿足和優越。

若是此事，李善德倒是體認到不少次。自己雖不是大富大貴，可與他們那些屈於現實的人相比，他何其幸運。

一走出辦公區，薛瑞琪立刻看見陳士仲夫妻，心底怒火消弭處又燃起一股煩躁。剛剛火大歸火大還是有控制音量，她實在不想在這裡朝他們咆哮。薛瑞琪撇開目光，就想直接走人。

沒想到張玉珊居然突然起身，向她搭話。「那個……」

「停。」薛瑞琪伸直了手，阻止張玉珊靠近，她眼神直盯著出口，努力以平和的語氣說：「你們不要跟我說什麼廢話。如果是要問我陳紫潔，我告訴你們，你們的問題很多，否則陳紫潔怎麼會根本不知道什麼是父愛，什麼是母愛。」

薛瑞琪的眼睛時不時配合呼吸眨著，一再努力克制情緒。她顧不得陳士仲夫妻，也沒機會看到張玉珊的神情其實滿懷抱歉。薛瑞琪嘆了一口氣，猛然望向張玉珊，張玉珊嚇得睜大眼睛。

薛瑞琪神色嚴肅，鄭重警告：「那是你們的孩子，不是老師的。如果不想好好當個父母就不要生，害了孩子也害老師。」接著，頭也不回，離開警局。

身為家長，張玉珊怎麼也無法認同那種想法，但他們自己也沒什麼資格說別人稱職不稱職。

昨晚，認清教育方式有問題後，張玉珊輾轉難眠，想推測女兒的心情。究竟是為什麼，讓她遇到困難時，寧肯向網友求救也不找父母。

夜深人靜時，腦中閃現一個念頭：「那不是女兒的體貼，那是不信任」。張玉珊猛然一驚，就像有人在她耳邊用力敲擊小鈸一樣，整個身心都微微發顫，腦袋過了許久無法快速取得平衡。

張玉珊身為組長，她知道要讓組員相信自己和公司，他們才能好好表現，但她卻從未想過女兒是否信任自己。紫潔從小的表現就很體貼懂事，得到她的信任，所以，張玉珊認為女兒很乖，不會做出讓自己擔心的事。可事實證明她錯了，而且錯得很澈底，她根本不了解女兒，不知道她被霸凌、不知道她的交友狀況、也不知道她想成為哪一個項目的國手，她已經好幾年沒有試圖了解女兒在想什麼。

美其名是給她自由，其實就是偷懶，仗著女兒體貼就不好好經營親子關係。和女兒相比，她做了什麼讓紫潔信任她是個好母親？連女兒何時生日都忘記的母親，怎能獲得信任？十月二十一日紫潔生日，回家卻看到自己留下那該死的字條……哀莫大於心死，那孩子肯定是絕望了。

張玉珊不知道她察覺這些而落淚時到底是凌晨幾點。她當然無法反駁薛瑞琪，她確實沒有好好付出母愛，紫潔怎麼可能會懂。

張玉珊低下頭，擦拭淚水。李善德遞上衛生紙，安慰道：「教育兒女本來就不容易。」一旁的陳士仲終於起身攙扶妻子，他不知要用什麼心情面對一切，就乾脆面無表情。

雖然心有不甘，他只能認同薛瑞琪的指責。昨晚張玉珊的話並沒有錯，只是陳士仲怎麼也拉不下臉承認自己的教育方式有問題。畢竟，父母也是這樣把他養大，他不想否定如此辛勞的父母。

「或許女孩子比較不同，才會需要心靈交流吧！」這是他唯一能開脫的理由，然而，除了賺錢與基本的噓寒問暖，他不知道該如何與孩子交流，何況妻子也沒做到。

薛瑞琪已經不見人影，說的話仍留在警局內迴盪。李善德看兩夫妻也沒反應，猜想這幾天這種責備的話應該已經聽了不少了，便用輕鬆一些的口氣說：「好了！回去等消息啦！教育方法等孩子回來再說吧！」

「那現在知道那個人是誰了嗎？」

張玉珊抬頭問道，哭紅的雙眸與透出遮瑕膏的黑眼圈，讓那雙眼格外憔悴。李善德心疼的皺起眉頭，卻還是照實交代：「現在大概知道嫌犯長相，但偵查可能會先停擺，除非有同仁看到那個人，或是有新的證人才會比較有幫助。」

「那通知媒體，開記者會什麼的，讓大眾協尋不是比較快嗎？」張玉珊提問。

「依『偵查不公開作業辦法』，一般我們是不建議，WEN如果看到，有可能人藏得更隱密，也有危害陳紫潔生命安全的疑慮。」李善德委婉解釋道。

「但如果偵查沒有進展也只能這樣了，是嗎？」張玉珊追著提問。

李善德沉默不語，就算偵查毫無進展，他也無法保證這件事上新聞就能好轉。臺灣媒體大多嗜血，搞不好一個誘拐的案子會搞得他們一家三口不得安寧，也波及所有與事件有關的人。當然，他也無法斷言沒有效果，這種情況，一切都說不準。

「一般還是建議不要。」
此時，陳士仲手機響了，一看，是老詹。他立刻走出警局，接通電話。
「老詹，怎麼樣？」
「我們把從那個推特上的照片比對完了，但她避開明顯的路標或建築物，看不太出來是哪裡。我們正在找人畫他的畫像，看能不能用畫像找到認識她的人。」
「警察這邊也打算這麼做。」
「你們，要不要考慮上新聞？……平常我是不建議這樣，但這次線索真的太少了。認識那個女網友的人看到新聞，說不定會提供更多資料。」
沒想到警方和徵信社都束手無策，陳士仲不免懷疑WEN為了拐走女兒精心策劃。既然如此，上新聞真的是比較恰當的決定嗎？
「我再考慮。」

第六章

小男孩張開雙眼時，已置身海中，熟練踢著腿前進。一望無際的青色從頭頂的淡藍，眼前的靛色，逐漸轉變成下方幾乎黑色的深藍。他與不知名的魚蝦海草擦身，體內充斥一股情緒。小男孩還不清楚這股激動的名稱，就發現自己不但沒戴蛙鏡，還在海裡理所當然的呼吸。

「這是夢吧！」他理性的判斷，同時，也意會這股逐漸澎拜的感覺是喜悅。怎麼可能不喜悅？他曾經溺水，一番努力後，已經能睜眼在山中的溪水裡游泳，而大海則是他一直憧憬的聖地。就算是夢，他還是認為這算他第一次海泳。

不知過了多久，小男孩周遭的深藍完全被純黑吸收。忽然，眼前一道白光，小男孩直覺認為這肯定來自他曾經在書上所見過的國家，亞特蘭提斯。

「潘小弟！」

一個聲音喊住了小男孩，小男孩四處張望，不知不覺間已變成直立站姿。聲音從小男孩後方持續逼近，一轉身，小男孩立刻對上一個男人的面孔。男人打著赤膊，身上似乎有一層薄膜，皮膚看起來十分光滑。繼續往下打量，男人兩雙腿上全是魚鱗，腳掌則像魚的尾鰭，小男孩忍不住倒抽一口氣。

「你是人魚？」小男孩驚喜問道：「你要帶我去亞特蘭提斯嗎？」

「其實人魚這個稱呼滿沒禮貌的，你應該叫我『亞特蘭提斯的居民』。」男人以自信的口吻糾正他，擺了擺手，道：「不，我是來阻止你的，你的腳上沒有鱗片，你進不了亞特蘭提斯。」

「為什麼？」小男孩突然咆哮。他自己也不知為何，但被拒絕的瞬間，他感受到一種被全世界拋棄的孤寂，若不趕緊抓住什麼，他似乎就要快速下沉，直落深淵似的。小男孩甚至忘了自己一開始的推測，央求道：「可是，我能在水裡呼吸！就和你一樣！我屬於這裡！」

「既然如此，你總有一天會長出鱗片。那時候，你自然能回這裡。」

男人說完，一把抓住小男孩的手，奮力往上一拋。小男孩連反駁的時間都沒有，身體直直上升，周圍的海水顏色驟變，黑色、靛色、水藍色，眼看著自己頭頂就要衝破水面粼粼的白光，小男孩恐懼的放聲尖叫。

※

「哈！」的一聲，陳紫潔衝出海面，胸部以上都跟著離開水中，頭一抬，水珠沿途散落，在陽光下閃閃發光。在她摘掉面鏡，大口吸氣之際，肩膀以下又被海水包覆，陳紫潔緩緩調整呼吸，隨著陣陣水波載浮載沉，左右晃動。

呼吸平穩後，她戴回面鏡，朝著岸上的WEN揮了揮手，比個手勢，讓WEN知道她要再游一會兒。WEN的目光從未離開過她，收到訊號後點了點頭，同意陳紫潔繼續海泳。

獲准，陳紫潔輕輕往後一坐，仰漂了一會，揮動手臂，胸口隨著呼吸起伏。透過抗UV的鏡片張望，天空染上一層淺黃，並不吸引人。她索性雙腳交叉，扭轉身子，再次潛入水中。

WEN坐在岸邊撐著陽傘，今天頂著齊瀏海的娃娃頭，身上只有機能材質的短褲搭上排汗良好的短T，完全不是適合下水的裝扮。雖然以生理期為藉口不下水，WEN其實做好心理準備，一旦陳紫潔狀況不對，就要下水救人。

不過，WEN不得不承認自己可能過慮了。她怎麼也沒想到，一個都市女孩昨天還在岸邊練習面鏡排水，今天就能在兩公尺左右深度的水域自由海泳。當然，她不會因此就掉以輕心，只是稍稍放心之後，她多了心力去欣賞陳紫潔的泳姿。

若要WEN來形容，陳紫潔像一頭小座頭鯨，為了下潛與換氣，不時浮出水面翻轉身軀。她浮出水面昂首換氣時，部分肌膚會一同浮出，根據姿勢不同，有時是腰，有時是背，若是動作較大時，還可看到伸直手臂拉出的線條。每次都從容而優美，就像真正的海洋生物。或許是因為年紀，WEN覺得這其中蘊含著一種說不出的可愛。

WEN稍稍往下思考，總覺得自己用鯨魚來比喻陳紫潔十分巧妙。這些生物若不是逃避了陸地生活轉身回到海洋，怎能成為現在海中備受矚目的哺乳類。而她帶陳紫潔離開了臺北，陳紫潔才有機會享受這一切，這是否也代表著陳紫潔逃離她原本的生活其實是正確的決定？

這個想法太過自大，WEN忍不住嘲笑自己。只不過，若要讓陳紫潔一直保持笑容，延長現在的生活確實是不錯的選擇。

「她看起來真的很開心。」WEN微笑道，她也覺得很滿足。

那是幫助弱小的成就感嗎？WEN不確定，只知道前天衝動幫助陳紫潔後，一股使命感逐漸茁壯，她有責任照顧陳紫潔，當年房東大叔也是這樣。

此時，陳紫潔也小心翼翼的走上岸，濕透的兩件式泳衣緊巴著失去浮力的身體，一舉一動都變得笨拙。見她臉上掛著滿足的笑顏，WEN覺得她似一隻學步的幼獸，需要有人幫助她獨立。WEN清楚這個選擇陌生又危險，一股純粹而莽撞的衝勁占據腦袋。

「WEN姐！我回來了。」

陳紫潔笑臉盈盈道，一路朝WEN走去。接近中午，陽光與她下水時相比更加刺眼，陽傘下的WEN卻依舊保持輕柔。

「歡迎回來。」WEN微笑迎接，依序遞上快乾巾和浴巾。

陳紫潔擦拭身體，披上浴巾，隨著WEN走向屋子，腦中不斷思考，WEN剛才的陽傘下的表情，那笑容似乎比前兩天都還燦爛。

兩人進車庫，WEN接過面鏡，走到洗手槽沖洗，順手掛到旁邊的架上。

由一樓改裝成的車庫，開口向南，十分陰涼。以大小來看，可以停下兩臺普通轎車，但現在只在右側停了一臺鋰電池驅動的電動腳踏車。週五晚上抵達火車站後，WEN就是騎著這臺自行車把陳紫潔載回來的。

左側是幾個橘色的大塑膠桶和洗手槽等沖洗設備，而最裡面則是幾個櫥櫃。依WEN昨天的介紹，分別是收納面鏡、呼吸管與防滑鞋的矮櫃，收納各式蛙鞋的長櫃，以及收納不同材質與形式防寒衣的衣櫥。話雖如此，陳紫潔並沒有看過衣櫥內部。

「我們身高差太多，沒辦法借妳防寒衣。」昨天下午，WEN稍微介紹完各種蛙鞋，一面關上長櫃，一面對著陳紫潔輕聲說道：「沒關係，會冷就上岸曬曬太陽，我們走吧！」

那時，陳紫潔的配件只有剛剛挑選的面鏡和呼吸管。她當然會有疑問，說到尺寸不合，防滑鞋和蛙鞋也是，為什麼只有防寒衣沒有介紹？陳紫潔當下沒有提問，滿腦子全是游泳，回到這裡，才想起那個問題。

「我待會要去市區一趟，妳有想要什麼嗎？」WEN擦乾了手，問道。陳紫潔連忙搖了搖頭，說：「沒有。」

午餐過後，WEN又換了一個造型。斜瀏海的栗色超短髮，配上一字領的杏色長袖與黑色窄裙，上衣領口做了過胸的蕾絲裝飾，顯然是為了平胸女性設計。最讓陳紫潔感嘆的是假髮，她不禁好奇WEN姐到底有幾頂假髮，重視打扮的人連假髮都會有好幾頂嗎？

「我五點左右回來，如果餓了，冰箱有一些料理包，妳可以先吃。按著後面的說明煮就行了。」WEN說完，穿上露出腳趾的黑色高跟鞋，又戴上口罩，道：「這段時間可能會有些無聊，如果想出去晃晃……走出樹林到大馬路，再往左手邊直走，會看到一片矮林，入口有一條小路，走進去會看到一間只有一層的茅草屋，屋頂很多茅草、牆壁是用竹子蓋的，很好認。」

WEN把大門與家門的一同鑰匙交給陳紫潔，淺笑道：「跟那位婆婆，說妳是我朋友的話，她會教你手工藝。」

陳紫潔眼睛一亮，興奮道：「感覺很好玩！」

「那我走了。」WEN笑道，關上門，消失在陳紫潔的視線內。

陳紫潔在門口待了一會兒，忽然冒出了邪念。她確定WEN姐沒有回頭，便轉身展開計畫。她心虛而不自覺的放慢腳步，躡手躡腳的抵達門前。

「這是為了一個簡單的確認而已。」陳紫潔說服自己似的喃喃唸道：「除非是禿頭，不然一個人不會有這麼多假髮吧！」

在這之前，陳紫潔沒有想過要偷看WEN姐的房間。但加上剛剛那頂，陳紫潔已經看到四頂假髮了，她實在好奇，WEN姐房裡到底又多少假髮。

「會不會一打開，三面牆全是不同的假髮呢？」陳紫潔竊笑道，又立刻為此驚訝。這也不是不可能啊！說不定WEN姐按照短、中、長髮分成三面牆，而且同一個顏色三種長度都有。天啊！這畫面也太壯觀了。

陳紫潔越想越亢奮，也沒想過房門可能上了鎖，朝門把緩緩伸出發顫的手。連她自己都能清楚看到自己的食指與中指正在顫抖。她忍不住大口深呼吸，屏息，手指又往前伸了幾釐米，眼看即將碰到門把，食指與中指卻帶動其他手指捲了回來。

她還是放棄了。

「哈！」陳紫潔大口吐氣後，平復呼吸，她不知道自己憋氣多久，心跳劇烈得無法忽視。陳紫潔暗忖，這大概就是良心的譴責，WEN姐對自己這麼好，怎麼能為了滿足好奇心就刺探她的隱私。自己也清楚WEN姐多用心打扮，就算WEN姐真的是禿頭，應該也是最美的那一個。

放棄計畫，陳紫潔穿著輕便的短袖短褲走到屋外，海風與浪聲同時拂過，一陣沁涼穿透皮膚直達內心，卡在心頭的罪惡感也漸漸消散。陳紫潔閉上眼，滿足得微笑，默默慶幸自己並沒有無恥到無藥可救。

根據指示，走了十幾分鐘，陳紫潔終於在矮林中看到那棟建築。正如WEN的形容，只有一層，屋頂的茅草多到能布滿屋簷，竹子做為牆壁，整齊而密集排列，無法隨意窺探。

它幾乎是一個長方體，陳紫潔眼前的這面是較長邊，正好有道大門，由兩扇竹門拼成的入口，讓她想起傳統閩式建築會有的紅漆大門。走近一看，門旁有一塊木板，看起來有點像汽車的踏板，似乎不是拿來擋門的，位置有點突兀。

陳紫潔晃頭晃腦的觀察著，基於禮貌不敢亂碰。

「小妹妹，妳怎麼會在這裡？」

年邁的女性聲音從後方傳來，陳紫潔慌忙轉身，幾步之遙果然有位老婆婆。老婆婆微微駝背，懷裡抱著幾根手臂粗的木頭，一步步蹣跚而來。陳紫潔二話不說上前幫忙，接過一半的木頭。

「我是，WEN，的朋友。我叫陳紫潔。」陳紫潔自我介紹道，無論是對老婆婆說出英文，還是從自己口中講出自己的名字，都讓她有些彆扭。

「小WEN的朋友啊！來，裡面坐。」

老婆婆講英文不太標準，說「WEN」的時候總是上揚，發出了接近「雯」的聲音。陳紫潔覺得這叫法挺可愛的，畢竟她也不知道「WEN」是什麼意思。有次和亞亞姐聊天，亞亞姐說她懷疑WEN姐姓溫，所以直接叫她溫。現在聽老婆婆這樣稱呼，陳紫潔不禁好奇，說不定WEN姐名字裡有個「雯」。

這時，老婆婆走向木製的踏板，打節拍似的踩動踏板，竹門漸漸向左右平移，露出入口。陳紫潔驚呼道：「這設計也太厲害了吧！」

「很方便吧！這可是小WEN做的喲！」老婆婆笑了笑，道：「基本上，這間房子是我和她一起蓋的呢！」

「WEN姐會蓋房子？」陳紫潔驚訝的呆愣在原地，老婆婆回了聲「對啊！」便先進入屋內，放下木頭，開了燈，回頭看見陳紫潔仍驚訝得合不上嘴，笑道：「進來呀！我跟妳介紹。」

陳紫潔放下木頭，環顧室內，以樹幹做為棟梁，並排的竹子做成牆，長圓木與竹子拼成的屋頂。好美，除了這個詞陳紫潔也不知如何形容了，她難以相信這是一個有些駝背的老婆婆和打扮入時的年輕女子建造的。

「婆婆，妳們是怎把這間房子蓋起來的啊？」陳紫潔問道。

老婆婆先示意陳紫潔坐下，才道：「大概是三、四年前吧！我本來只是想找些竹子修補房子，剛好遇到國輝還有小WEN，人手多嘛！我們就乾脆把房子重建了。那時小WEN才剛來沒多久，日子過真快。」

「原來WEN姐已經在這裡住了這麼久，我還以為她要找人的話會一直換地方住。」陳紫潔回道，但老婆婆只是笑了笑沒有繼續接話，陳紫潔只好又問：「對了，婆婆妳剛剛提到的國輝是？」

「國輝啊！他是小WEN的房東，不知道妳有沒有看過他的房子，國輝的房子和土地都是祖傳的。我想想喔！妳看，這些樑柱都是國輝和小WEN處理的。」老婆婆指著棟梁介紹，又突然微微驚呼：「差點忘了！幫我們搬木頭、竹子，蒐集茅草的就是國輝，但他後來都讓小WEN弄，自己偷懶去了。」

「WEN姐這麼厲害啊！」

老婆婆點了點頭，慈祥笑道：「小WEN真的很厲害。好像是以前有跟人學過，她很獨立，很不簡單啊！」

望著和藹的笑容，陳紫潔心生羨慕，她都不清楚WEN姐的事情，要不是老婆婆健談，她怎能知道這些。忍不住問：「WEN姐常常來找妳嗎？」

「算是吧！一週會見幾次。……她是個體貼的好孩子。」老婆婆意味深長的緩緩說道，又變回平常的口吻，說：「她為了讓我好進出，就做那個踏板。還幫我把一些東西拿去鬧區賣，我才有錢買工具。」

「嗯？」陳紫潔不必開口，老婆婆已經緩緩起身，走到長木桌，緩緩掀開上頭的布。陳紫潔轉過身，正眼一看，原來那張桌子是製作木雕的工作檯。老婆婆拿起一個手掌大小的半成品，道：「大概就是這樣的東西，想試試嗎？」

「好呀！」陳紫潔爽朗回道。

老婆婆微笑點頭，說：「那我幫妳找個工具。」轉身走向更後方的鐵櫃，拉開抽屜翻找。

※

昏暗的鐵櫃裡有一面鏡子，鏡裡的人一如往常頂著扁塌的頭髮。Peter左右端詳裡頭的自己，總覺得有些陌生。

或許是最近發生的事情太多，又或許是昨晚重複做了一個兒時做過的夢，提醒他那停擺的出國計畫。為了尋找亞特蘭提斯，他本來要去地中海，但他一直以來都無法密集排班。原因並不複雜，就是他與人相處就不自在而難受。當初離家出走就是為了自由，他無法接受自己為了賺錢妥協。

而今不同了，Peter面無表情，緩緩的眨了眨眼，再次端詳鏡裡的那個人，心虛的移開視線。手機突然震動，通知顯示有人在他的推特留言：「妳到底什麼時候才要露出真面目啊？」

這道光刺進心臟，Peter緊閉雙眼，別過頭，關上鐵櫃子，上鎖。把一切安置在不透光的櫃中，走出休息室，又轉入辦公室。

辦公室不大，除了放滿各式公文資料夾的櫃子，就只有兩張木紋桌面的鐵製辦公桌與幾張椅子。較短的桌子，正對著門口，是老闆專用的，與較長的那張桌子垂直，呈現T字，是可以自由使用的公用座位。Peter進來時，老闆正埋頭研究資料，沒有任何反應。

「小老闆。」Peter走向老闆的座位，打聲招呼。因為他年紀輕輕就創業，大家都稱呼他為「小老闆」。

「嗯？Peter？你怎麼來了？」小老闆抬頭親切的回應，心裡有些不解，Peter除了公事幾乎不會主動搭話，今天他沒有班，怎麼會進辦公室？若是要借用氣瓶，也應該是直接去設備間才對。

「我，下個月開始能增加一些班嗎？」Peter淡淡問道，依舊面無表情。

在小老闆看來，Peter是在向他求救。只是時機不巧，Peter排班隨意或許不知，淡季已經開始。他剛剛就是在處理班表，要讓平常班多的人減班。小老闆不忍心放著Peter不管，好歹他交友廣泛，在觀光區也算小有名氣，左思右想附近哪裡適合他去兼差。

「你是急需額外的錢嗎？」小老闆為了延長思索時間答道。

Peter雙眼微微睜大，他沒想到36歲的年輕老闆能察覺他的需要，心中不由得警戒。小老闆的觀察力他很清楚，雖然早在面試時就訂下不過問涉私事的約定，可他不敢大意，只能故作鎮定，小心翼翼的點頭。

「現在要增加排班可能比較難，現在主要是離島團，我知道你不喜歡離島團。但如果是找份兼差的話，有一家餐廳在找外場服務生。」小老闆一邊思索，一邊說著：「嗯，就端盤子的……那是晚班喔！假日客人會比較多，雖然薪水相對也會比較多。收店完就八點多了，你能接受嗎？」

「不行，我沒辦法」這是Peter腦中第一個閃過的想法，但他沒有說出口。這不是為了「突破自我」、「克服弱點」這種乍聽之下高尚但空泛自大的理由，Peter就是需要改善自己的經濟狀況。

「現在是時候邁出下一步了。」Peter如此想著，這個想法有股熱血，鼓舞著他，似乎光是同意這份打工，他就已經變得比上一秒得自己優秀不少。成就感作祟，Peter點了點頭，接下這份工作。

Peter就這麼欣然接受，小老闆有些意外，高興的笑答：「那我打電話跟對方說。」拿起手機聯絡對方。

「喂？蘇大哥，嗨！你那邊不是有缺晚班的外場嗎？……我這裡有一個人可以配合你們的時間，他是我的老員工，長很帥！……當然！外場就是找帥的嘛！……今天四點嗎？現在從我這裡過去應該是來得及吧……」小老闆一邊通話，一邊向Peter確認時間，見Peter猶豫了一下又緩緩點頭，繼續道：「可以，他說今天可以。……試用期？可以啦！你再跟他說，不要不給錢就好。」

這份差事在嬉笑中談成了，Peter滿是欽佩。在這裡工作兩年左右，Peter見識過小老闆的手腕，但自己是第一次麻煩他這種事。

「小老闆，謝謝。」Peter面無表情的道謝。

「別客氣！」小老闆笑道，伸手拍他的肩膀，卻在快碰到時及時收回，有些尷尬的改比個讚。「加油！如果有問題一定要跟我說，我會幫你的。」

Peter再次道謝，小老闆嘴上鼓勵其實很不放心，不自覺緊跟著他，連Peter回休息室拿東西時，都在門外等待。

目送Peter離開潛店時，已經過了太陽最毒辣的時間，但外頭的陽光總是比店內的日光燈耀眼。小老闆轉身走入店內，回到辦公室。一開燈，不經意把電燈和陽光做個比較，這燈總是帶著一種昏暗感，本以為是燈管老舊導致，但小老闆稍微回想了一下，這燈不管換什麼燈管好像都是這樣。

現在想想，四年前的光線應該比現在更傷眼，那是一種淒涼的白光，不時閃爍，只能勉強照亮這個空間，至少辦公或會面都不會有問題。

「Peter就是那時來面試的吧！」

小老闆也忘了Peter是透過什麼方式知道這裡缺人的，但面試的過程令他印象深刻。

那天，Peter剛抵達門口時已是傍晚，夕陽映在他面無表情的臉上有些憂鬱。小老闆領著Peter進入辦公室，那時的格局和現在差不多，他們在公用的辦公桌相對而坐。慘白的燈光下，應徵者散發出濃厚的孤寂，眉清目秀的他微微皺眉，半闔的眼眸看著桌面，雙手放在腿上，看起來有些緊張。小老闆端看資料，不時用餘光打量眼前這個剛滿二十歲的男子。

他擁有各種潛水的專業證照，卻沒有填寫學歷。到底是高中肄業，還是畢業後沒考大學呢？小老闆內心揣測，對方沒有偽造資料的跡象，但一般來說，學歷再差都會填寫。何況他能力這麼好，就算只有國中畢業也沒什麼不能說的。

「你很厲害耶！這些證照不好拿啊！」

Peter沒有回答，依舊面無表情，只是眨了眨眼睛，彆扭的微微點頭。小老闆明白他是被誇獎而不好意思。不過，這生澀的模樣，讓他不禁感嘆，原來男人能有這種韻味嗎？緊接著，又冒出一個疑問：這張臉如果露出其他表情會是什麼模樣？

「不過，我們可能要帶團，不能面無表情的服務客人……」小老闆漸漸放慢語速，刻意表現自己正在委婉的說話，又故作困擾的問：「你能保持微笑嗎？」

Peter顯然慌了，微微低頭，又是抿嘴又是輕咬，嘴唇變得有些扭曲，漸漸上揚嘴角，勾出一抹淺笑，被撐彎的眼眶蓋過為難的眼神。這才抬起頭，問道：「這、這樣可以嗎？」

「可以，這樣的話沒問題。」小老闆微笑點頭，平淡的回答，內心卻難以平靜，他無法不覺得眼前的成年人努力的模樣非常可愛，這孩子真的很想得到這份工作。小老闆再次翻了翻他的資料，想讓Peter再多一些緊張感，想讓他感覺這份工作得來不易。

「對了，我們有觀察期喔！一週，可以嗎？」

Peter漸漸收回笑容，點了點頭。小老闆又問：「那排班和薪資有什麼問題嗎？需要不需要多排班？」Peter搖了搖頭，回答：「沒關係，我不用太多班。」

「那有沒有其他問題？」小老闆慣例的問道。

Peter想了想之後，目光幽微的問：「可以答應我不過問私事嗎？」

小老闆一口答應：「沒問題，我不會刺探員工隱私的，放心。」

正常來說，本來就不會過問太多，他不由得好奇Peter為什麼要特別提出來？是因為上一份工作遇到什麼事情嗎？這孩子這麼神祕，是不是有什麼祕密？

然而，試用期間，Peter都沒有什麼問題，之後也都好好上班，客人們都很喜歡他。Peter就這麼持續工作到現在。

「這麼說來，當時面試的氛圍就像在審問嫌犯似的。」

小老闆笑道，又想起一事。Peter這個英文名字是他取的。說來無聊，就因為他姓潘，他聯想到了Peter Pan，便理所當然的叫他Peter了。

在小老闆眼中，Peter是個剛出社會的單純孩子，也不清楚這樣的孩子為何與人如此疏遠。這兩年來，他嘗試增加他的班，讓他多與人相處，但Peter拒絕了，那孩子是真的不想上這麼多班。他偷偷估算過，Peter所賺的錢基本上就是只能溫飽，並讓他偶爾買些潛水用品，應該存不了什麼積蓄。如今為了錢而開口，不知道發生了什麼事？

「這麼說來，Peter好像只有面試那天的頭髮不是塌的。雖然下水就一定會毀了髮型……」小老闆咕噥著，思忖道：「是不是該準備好一點的吹風機給他們啊？」

※

兼差地點是與潛店有段距離的熱炒店，Peter為了尋找適合的停車位經過門口，瞥了一眼，卻被店外三兩成群的的客人擋住了視線。走近一看，店裡果然已經客滿，中間一條主要通道之外，兩側都是用餐的人們，門外還有兩組客人正在登記候位。

Peter沒想到人會這麼多，理性要他逃走，告訴他自己還沒辦法面對這種人潮，心底卻躍躍欲試，挑戰自我的虛榮心不停催促他迎向這陣大浪。兩力拉鋸，他竟愣在門口，看著人潮移動。此時，接待員注意到他獨自一人，便問：「你是小老闆介紹來應徵外場的嗎？」Peter鬆了口氣，擺好服務業的微笑，點頭說是。

「蘇大哥！小老闆的人來了！」接待員轉頭朝店內大喊。

「來了！」一個答應傳來，蘇老闆一邊大聲喊著「來了，來了，來了」，一邊快步出來，途中穿插一兩次「啊！抱歉，借過一下」，好不容易走到店門外。

蘇老闆是個急性子的人，確定身分後也沒寒暄，就領著Peter走進店裡。穿過主要的走道，來到一個小房間門前。

「這是我們的員工休息室。」蘇大哥說著，一邊打開門，指著正對面的的一扇門道：「那邊那扇門出去就是店外了，那邊是員工出入口，如果不是負責開店或收店的話，上下班都走那裡。」

雖說是員工休息室，也不過就是留個一個空房間，擺了有一張桌子、幾張椅子，其中一面牆上設置了兩層可以上鎖的鐵櫃，其高度與容量約莫能塞下一個大行李箱。幾個櫃位未使用，門虛掩著，鎖上還插著鑰匙。

Peter有些訝異，沒想到這邊也有能鎖的鐵櫃，不自覺多看了幾眼。

「很少見吧！」蘇大哥說道：「因為大部分的人都會帶衣服來換，有的偶爾會帶行李來。怕有人擔心隨身物品被偷，我就聽了小老闆的建議換了能上鎖的櫃子，畢竟在更衣室裝監視器反而麻煩。你背包就隨便選一個有鑰匙的放，不用客氣。」

待Peter鎖好背包，兩人走出休息室。蘇大哥一邊走，一邊說：「我先帶你熟悉環境，待會你就負責送菜。基本上你就是一直送菜，出菜的時候在盤子上會夾桌號，你就送過去就好了。簡單吧？」

「廚房就在更衣室隔壁，從更衣室到廚房入口之間的這平臺，這個就是出菜口。」蘇大哥指著出菜的窗口，稍微交代如何端菜，才掀開廚房入口的塑膠折門。

整個廚房像極了蒸籠，充斥著高溫與薄煙。每個人都只顧著自己手上的工作，只有離門最近的一個年輕學徒抬頭喊聲「蘇大哥」，又繼續埋頭洗菜。蘇大哥應了聲，提醒Peter小心腳下，繼續往內走，只見身材魁梧的大叔。大叔身高比Peter還高出一顆頭，肩膀也比Peter寬許多。

兩人駐足時，大叔正把炒鍋內的料理到入砂鍋，刺鼻的調味讓Peter不太舒服，眼睛瞇得更小了。他堅持上揚嘴角，釋出善意。

「江叔，這是新來的晚班外場，姓潘，就叫他潘欸就好。」蘇大哥拍著大叔肩膀，又回頭望向Peter，介紹道：「潘欸，這是我們的主廚，江叔。江叔從我爸那時候就在這裡工作了，有問題也可以問他。」

江叔瞥了Peter一眼，失禮的笑道：「怎麼長這麼娘啊！不會是女扮男裝吧！」冷不防的拍了一下Peter的屁股。

一時間，Peter錯愕得失去笑顏，僵直身體，他遇過失禮的人，但從未見過第一次見面說話就如此失禮，還毛手毛腳的人。不悅湧上，Peter默然低頭，不希望第一天就招惹老鳥，可是，他連假笑都擠不出來。

「你不懂啦！現在長這樣很吃香的！他是小老闆的員工，你不要欺負他。」蘇大哥緩頰道。

「小老闆不是開潛水店的嗎？皮膚這麼白會潛水？」

江叔故意皺眉低頭打量Peter，不顧蘇大哥就在一旁，目光輕佻的挑釁Peter。蘇大哥見況，乾笑兩聲後帶著Peter離開廚房。Peter沒注意自己是什麼表情，但那時，江叔臉上滿著示威成功的驕傲。

Peter不清楚蘇大哥是不介意這種行為還是生性怕事，至少有一件事是肯定的，蘇大哥不會正色責備資深員工。Peter暗忖，只能靠自己多小心，不能期望蘇大哥會有什麼作為，默默把那份委屈帶到外場。

外場一般配置三名服務生，兩個送餐一個清理，有空的人就要幫忙帶位。與廚房相比，外場涼爽許多，但這份涼快是屬於客人的。Peter快速的在人潮中來回穿梭，漸漸找到自己工作節奏，可是體溫與江叔煽起的不悅，仍隨著每一道菜的熱氣裊裊攀升。

廚房內的悶熱透過盤子傳到Peter身上，纏繞他的手腕與手臂，一層一層，濕黏的交疊在心頭，那複雜的調味滲入內心，就這麼被鎖在這燥熱的體內，連靈魂都像被困在窯鍋一般，正慢慢燜透。

能不被味道侵襲的只剩下雙耳，但它們早就被此起彼落的聲響輪番襲擊著。為了在這喧鬧的空間內聊天，客人越聊越大聲，外面候位的客人等得不耐煩不時朝著接待員抱怨或大吼，出菜的窗臺上，放盤子並大喊上菜的叫聲更是沒有停過。這裡的一切都不給Peter喘息的時間。

面對客人，Peter堅持笑容，可是內心不斷發出適應不良的警告，他快要短路了。離家出走後，Peter多獨自在海邊活動，在悶熱的環境被人群包圍實在難受。Peter有些後悔，小老闆在詢問他要不要接這份打工時，他到底哪來的自信認為自己能勝任。一兩個小時下來，他幾乎腦袋一片空白，只記得不停端菜，看桌號，上菜，連江叔對自己的騷擾都忘了。

「喂！」Peter剛把菜放到桌上，身旁的男人醉醺醺的朝他喊道：「你是服務生吧！沒看到酒沒了嗎？去拿酒啊！」

「吼！剛剛就跟你說你要喝酒我們去拿就好了，你不要鬧人家。」同桌的男人制止，向Peter道歉後，又說：「好啦！我拿一樣的喔！」

見友人起身，Peter尷尬的笑著，點頭道謝後就要走，卻被醉漢一把抓住，道：「你怎麼這麼沒用，連酒都不會拿！不然，你陪我們一起喝啊？」一剎那，廚房裡吞下的那股委屈，逆流到了心頭，Peter只覺得噁心至極，笑容再次消失。

「放手啦！他男的啦！你不要鬧了！」Peter另一側的人喝斥，把醉漢的手撥掉，要Peter

趕快離開。同桌的其他人紛紛起身，壓制這個失控的酒鬼。剛才要幫他拿酒的男人，道：

「抱歉啊！我們現在就走。」

眾人知道有醉漢紛紛讓路，Peter按捺著噁心，趁機轉身走回出菜口，卻發現蘇大哥透過休息室門縫偷看外場。發覺自己與Peter對上眼，他才心虛的關上門。Peter很難不懷疑剛剛被騷擾的時候，蘇大哥就這麼冷眼的看著。

Peter沒有遇過小老闆以外的雇主，難以相信這種人居然掌管整個餐廳。辭職的念頭閃過Peter腦海，又立刻消失。第一次麻煩小老闆，結果上了一天班就辭職，Peter擔心這會讓小老闆與蘇大哥心生嫌隙。正因為蘇大哥很差勁，他更能肯定小老闆是個好人，不想害小老闆難做人。

這一切都只是偶發的。Peter再三安慰自己，江叔都在廚房，以後不會有什麼機會接觸，這種喝到爛醉的客人也不常見，只是兩件事碰巧一起發生，自己又不習慣悶熱急躁的環境。只是，Peter無法忽視被他壓到胸腔之下的那一團鬱結，也無法解釋，他的怒火怎麼會轉成哀痛，害得他微微鼻酸。

Peter硬著頭皮繼續工作，而後也沒有再發生意外。當廚房收拾完畢，廚師魚貫的離開廚房走入休息室，Peter才稍稍停下腳步，一看時間，已經晚上八點。這時，店內也只剩最後一桌客人。

不知何時換好衣服的接待員拍了Peter一下，貼近他，低聲問：「你剛剛還好吧！」Peter又想起剛才的不快，瞇起眼微笑道：「有、有嚇到。」

接待員朝著他眨了眨眼睛，讓Peter不太自在，道：「不要勉強，這裡週日晚上就算是端盤子也很累的。」

「外場還沒下班吧！聊什麼天啊？」江叔突然出聲，也不問原因就指著Peter說：「剛來就偷懶，膽子很大嘛！」一聽到聲音，Peter就渾身不舒服，明明沒看著江叔，笑容卻僵硬了。

「是我找他說話的。」接待員解釋道：「剛剛外場有醉漢，第一次上班就遇到這種事很衰吧！」接待員沒有直接說出Peter被騷擾的事情，讓他鬆了一口氣，江叔知道他被當成女人騷擾，可能又要出言羞辱他。

「哼！不就是個喝醉的傢伙，攆出去不就好了。」江叔不以為然道：「怎麼？這樣就嚇到了？真沒用，跟女的一樣。」

Peter無法反駁，低著頭不敢對上江叔的眼睛。豈料，江叔居然又拍了一下他的臀部，道：「你長這樣當服務生也太難賺了，去問小老闆有沒有認識酒店的比較快。」

「你這人怎麼說話的，太沒禮貌了吧！」有個客人出聲制止。江叔竟然還義正詞嚴，指著Peter，道：「你管我怎麼訓練菜鳥，我就是討厭這種不男不女的！看了就噁心。」

此話一出，Peter真的受不了了，他怎麼能平白無故的一再羞辱人。Peter收起笑容，滿腔的怒火就要從口中噴出，蘇大哥卻走了過來，說：「好了，好了。」

「潘欽，你今天先到這邊，週一晚上再來，時間一樣。」蘇大哥一邊說，一邊要接待員帶Peter回休息室。客人不太滿意這個做法，揚言說要留下負評便離去了。蘇大哥滿口歉意的送走客人，回頭才跟江叔說：「江叔，晚班就缺一個人手，你如果把他給弄走了，外場怎麼辦？而且，你這樣我很難跟小老闆交代。」

「你不懂啦！他真的跟女的一樣，我看了就不舒服。」江叔道。

「你晚班就這個月而已，下週結束你就看不到他了，對不對？好啦！委屈一點，忍一下啦！」蘇大哥有些卑微的哄道。江叔沒有回應，自顧自的走向休息室。

離開餐廳，Peter騎上電動腳踏車，踏板越採越快，完全不想再多看這裡一眼。累積的怨氣沒有發洩，剛才想吼出的話，就這麼緊緊卡在Peter喉頭，不知過了多久，終於掐得他流下眼淚。

他想埋怨蘇大哥管不住員工，想埋怨江叔的無理，可到頭來，他還是只能接受事實，自己已不適合這份工作。改變本來就不是喊喊口號就能達成，Peter自以為能有所突破，到頭來，連平時應付客人的從容和假笑都無法維持，只是在陌生的環境中為陌生人搬演一場鬧劇。

不知不覺間已離開市區，整條臺十一線一片漆黑，不見車影，只剩電動腳踏車的車燈頑強而無力的照亮前方幾高尺的道路。Peter越想越空虛，逐漸放慢腳步，靠著護欄停下。微風衝來，他真切的感受到自己的體溫有多高。這種燥熱又羞恥的無奈，讓他不禁質問自己，此時此刻，自己為何會在這。若是以前，他應該吃了些罐頭，窩在房內研究資料，根本不需要受這種罪。

一切的一切都歸咎於自己一時衝動。

「我錯了，我真的錯了。」Peter一陣無力，拄著把手，放聲痛哭。成就感與虛榮心膨脹而成的那股熱情被狠狠戳破。Peter這才想起，自己並不是樂於犧牲奉獻的人，怎麼把自己搞得如此狼狽。

他撕心裂肺的不斷哀嚎，腦海裡滿是陳紫潔帶來的壓力。本來只是想安慰這個小女孩，卻變成帶她逃家，在陳紫潔的父母和警方眼裡，他肯定是個誘拐犯。Peter實在想不透，為什麼自己不能狠心送陳紫潔回去，就算經歷再怎麼相似，他也不應該為了一個只見過一次面的小女生放棄自由自在的生活。

當初離家出走就是為了離開可怕的人群，慢慢了解自己。而今，他還沒學會面對自己，就想在陳紫潔面前保持完美的形象……不，這才是重點，他想不通，自己到底為什麼堅持？為什麼寧肯把自己搞成這副德行，也不願意讓陳紫潔失望？

哭喊聲轉弱，只剩不斷的啜泣。Peter擦乾淚水，依然不知所措，抬頭望著星空，無助的問：「潘崇文，你到底在做什麼？」遇到陳紫潔後，他更加不了解自己了。

一陣強風拂過直往大海，Peter稍稍抵禦後隨之眺望遠方，那一片漆黑之處，傳來大浪碎裂的巨響，震懾了不知所措的靈魂。

※

陳紫潔倒了一杯溫水，坐回桌前，這不知道是第幾杯了，身體仍然不太舒服。從婆婆那回到這裡，喉嚨就癢癢的，頭也有點暈。她自知感冒了，以前生病她都自己去看醫生，現在卻什麼都做不了。回顧這幾天，她一切都仰賴WEN姐，像個巨嬰似的沒有用處。

抬頭望向窗外，那讓她驚豔的夕陽早已消失，那股想和WEN姐分享的激昂也不知何時消散了。屋內沒有時鐘，陳紫潔只能大概猜測，應該早就超過五、六點了。

一個人待在屋裡，又不知時間流逝多少，實在讓人坐立難安。陳紫潔本來以為自己十分擅長看家和等待，如今才知道，在自己家與外面不同。只要焦慮湧起，她就會變換姿勢，有時在客廳與房間來回踱步，有時躺在地上翻滾，但最後還是會坐回椅子上，握住那杯逐漸轉涼的水。

「一定是秋天太陽比較早下山，所以，現在大概才八點吧！」陳紫潔再三安慰自己，推測時間也從原本的七點變成了八點。她想責備WEN姐不守信用，卻更擔心她的人身安全。

「不行！不行！」陳紫潔搖頭甩掉那種想法，不願思考WEN姐遇到災禍的可能。「WEN姐人這麼好，不可能發生什麼意外，一定是事情沒處理完才會比較晚回來。」

陳紫潔嘆了口氣，開始猜測WEN姐為何忙到這麼晚。左思右想，只想到自己的存在帶給WEN姐太多不便。越想越自責，望著沒有動靜的家門，陳紫潔不禁懷疑，WEN姐或許是想暫時離開自己，喘口氣，才會這麼晚回來。

「WEN姐就是這麼溫柔的人。」陳紫潔喃喃道。這幾天相處下來，WEN姐總順著她，不曾嫌她麻煩。WEN姐要她去找那位婆婆，而婆婆那裡告訴她WEN姐有多獨立，多貼心，這是不是就是在暗示自己，WEN姐不會拒絕別人，自己該識相一些，早早回去？繼續待在這，確實是徒增WEN姐的困擾。

又過了半晌，鑰匙聲響起。陳紫潔旋即起身，走向門口。WEN姐的裝扮和早上出門時一模一樣，只是雙眼泛紅，原本和氣的目光變得疲倦而無神。當下，陳紫潔腦海冒出一個荒唐的問題：「這是WEN姐嗎？」這當然不是一個和WEN姐長得一模一樣的陌生人，只是眼前的女人有種微妙的距離感，她身邊的空氣是凝結的，在兩人之間化成若有似無的屏障。

「抱歉，我回來晚了。」潘崇文淡淡說道，一面用手確定口罩安好。

「WEN姐，妳怎麼這麼晚才回來？」

潘崇文自然不可能告訴她真相，只淡淡回答：「事情處理得比較晚。」擺好鞋子，就往客廳走。

兩人擦肩，強烈的疏離感衝擊陳紫潔，明明這幾天都跟在WEN姐身後，這個背影卻好陌生。她心虛想起剛才的推測，自責自己害WEN姐忙到現在，看起來身心俱疲。

該回去了吧？再怎麼不想回去，那畢竟是自己的家，就算沒有能力改變現況，但那就是她的人生，她的地獄。如果真心感謝WEN姐，把她視為天使，怎麼捨得這樣摧殘她。

陳紫潔低著頭，努力思索，她需要一個理由，一個讓自己忍痛回去的理由。她想得到的只有父母，那個渴望被肯定的好女兒一定會說：「讓爸媽擔心了好幾天，我想我該回去，不能再任性了。」

「嗯？」潘崇文聽見陳紫潔出聲，轉頭問道：「小潔，妳剛剛有說什麼嗎？」

「就是，我在想要不要明天就回去了，這樣下去……感覺不太好。」

「妳要回臺北？」

潘崇文驚呼，突然起身，嚇到了陳紫潔。但他抑制不住，潘崇文正是因為不想把她送回去，才去兼差受罪。縱使他剛才在馬路上無助的痛哭，也沒打算把陳紫潔送回去。而今，這個女孩居然說她要回去了。

「為什麼？為什麼突然要回去？」潘崇文說著，一步步朝陳紫潔靠近。為了不讓自己的偽音消失，他幾乎是吊著嗓子說話，聲音變得尖銳而歇斯底里。恐懼讓陳紫潔往後一退，她一時間不知如何是好。

「妳真的認為妳回去會比較好嗎？妳有辦法面對老師和那些欺負妳的同學嗎？」潘崇文質問般，怒視著陳紫潔，「妳現在除了待在這裡，妳哪有辦法逃離那些。」

陳紫潔自然是無法否認，可現在的她根本沒有心思去思考WEN姐的話，也無法思考這人為何生氣。陳紫潔全身上下都顫抖著，眼前的人尖銳的嗓音、咄咄逼人的舉止，都與WEN姐不符。這人越是靠近，她越能看清那紅腫的雙眼透出無盡的失望與憤怒。

緊張讓陳紫潔口乾舌燥，喉嚨又發癢了，她卻不敢發出任何聲音，似乎再說錯一句話，自己就會死於非命。然而，要是再退，就會貼上大門。難道只能奪門而出嗎？生病又沒有任何隨身物品，有辦法在黑暗中尋求協助嗎？做不到的，就算是成績爛到被全世界唾棄的陳紫潔也知道，在這個前不著村後不著店的地方，是找不到救援的。

陳紫潔恍然大悟，原來沒有溫柔的WEN姐，她就會被絕望壓得喘不過氣。她遲鈍的握住自己雙手，逐漸縮起身子，全身發顫，淚水全在眼眶打轉。潘崇文見狀才驚覺自己失態，正要說些什麼，陳紫潔已經逃命似的衝入房間。

「咔！」房門鎖上了，客廳只剩下後悔莫及的潘崇文。

陳紫潔靠在門上驚魂未定，眼淚潸潸落下。回想WEN姐氣勢凌人的模樣，她不由得嗚噎啜泣。縱使這方法的本質只是逃避，她所能想到的最好的方法就是把自己關進房內。

她無助地抬頭，正對著窗，緊閉的窗外像塗滿黑色的油漆，陳紫潔與外面的聯繫只剩下洶湧的浪聲。原本覺得磅礡有力、振奮人心的浪聲，只讓她想到巨浪襲來，吞噬海岸的駭人場景。

而她，確實如毫無預警的被捲入海中那般驚恐而徬徨。陳紫潔看得見天空，也知道包圍她的是海洋，並非完全陌生，卻也不是瞭若指掌。正如她知道這裡是WEN姐的家，卻僅此而已，她連自己到底是在臺東還是花蓮都無法確定。

一切突然崩裂，陳紫潔才意識到自己有多愚蠢。就算WEN姐再好，仍然是個只見過一次面，聊過幾次天的人，WEN姐根本就是一個虛無飄渺的形象。而她竟然天真的要這個人帶她離開自己熟悉的地方，還把手機交給對方，讓自己陷入這樣的窘境。

「不，WEN姐確實還是個好人……她只是變得有點，不一樣。」陳紫潔自我安慰道，打斷思緒，以免自己把WEN姐妖魔化。

靜心一想，即使WEN姐是好人，也不能改變事實，她確實做出一連串的極為衝動、愚蠢而且很幼稚的行為。如果WEN姐就這麼跟自己翻臉又不讓自己回去，她到底該如何是好。想到這裡，陳紫潔覺得頭更暈了，抱緊身體，沿著門板慢慢坐下。

潘崇文就站在門外，不敢置信自己會這樣嚇著陳紫潔。可是，腦海裡確實刻下了，陳紫潔被自己逼到角落，滿是驚恐的低頭，縮著身子顫抖的模樣。為了躲他，陳紫潔緊閉雙眼，奮力直奔房間。

潘崇文懊惱的摀著臉，要不是陳紫潔嚇成那樣，他剛剛是不是就無法醒悟，打算就這麼把她逼到牆角。這麼做到底有什麼意義，除了傷害陳紫潔，讓她懼怕自己，還能有什麼作用嗎？

他身子一傾，靠到正對紫潔房門的牆上，難受得昂首，嘴裡發出痛苦的低鳴聲。潘崇文恨不得賞自己兩巴掌，陳紫潔這麼相信他，他卻把氣出在她身上。良心的譴責越發強烈，潘崇文腦海中浮現陳紫潔把手機就給自己時，那無處可逃，只能將一切託付給自己的神情。他沒有忘記，那時候陳紫潔也是全身發抖。潘崇文是過來人，深知孤身一人離家有多需要幫助。

回想陳紫潔那句話，不就只是怕家人擔心而已，為什麼自己反應要這麼大。她就是這樣貼心的孩子啊！否則，她昨天怎麼會冒險提醒自己。

「為什麼我會像個孩子一樣亂發脾氣？」潘崇文壓抑著聲音呻吟著，讓他如此焦躁不安的，應該是那個餐廳的工作氛圍。若要氣，也是氣自己才對，是他看見陳紫潔的笑容，一時驕傲，自以為可以照顧她，自認為有能力負擔這份打工養她。

潘崇文再次悄然落淚。他又錯了，不是陳紫潔的存在添了很多麻煩，是他為了讓她留下來，屈於現實，不得不面對這些事。這全是自己的任性引起的。他才不是什麼好人，就是個誘拐犯，困住未成年少女，不讓她有任何選擇的罪人。

沉重的一聲「咚！」，潘崇文贖罪般跪在陳紫潔的房門前，輕輕碰觸著門板，哽咽的懺悔道：「小潔，對不起，我太兇了……我、我只是怕妳回去又要受委屈。」

「我知道。」門的另一側，陳紫潔摸著喉嚨，用沙啞而夾雜鼻音的聲音回答：「我只是有點嚇到了……我不知道怎麼面對這樣的WEN姐……」

陳紫潔願意回應，潘崇文相當感謝。他深深呼吸，抿了抿嘴唇，道：「沒關係，妳現在可能也不想看到我。……我只是想和妳道歉。」

這次，陳紫潔沒有馬上回應，幾秒後，門後方傳來咳嗽聲。陳紫潔越咳越猛，旋即直喘粗氣。潘崇文嚇得整個人都貼到門上，問道：「小潔怎麼了？妳是生病了嗎？」

「好像是有點生病了。」陳紫潔有氣無力卻帶著笑意回答。潘崇文一聽更加著急，連忙問道：「對不起，妳能開門嗎？我拿藥給妳好不好，妳聽起來真的很不妙。」

沉默半晌後，門後有了動靜，「咔！」，門鎖解開，房門輕輕開啟。陳紫潔貼著門板，失去依靠的上半身緩緩傾出，潘崇文立刻上前扶住。他無法形容這種如觸電又像解脫般的感覺，下意識觸摸陳紫潔額頭，如他預料的傳來高溫。

潘崇文二話不說，將陳紫潔的手環繞自己脖子，一把將她抱到上床。「小潔，妳發燒了。我去拿退燒藥給妳，會頭暈是正常的，妳乖乖的不要動。」潘崇文一邊替陳紫潔蓋好，一邊解釋，旋即走出房間找藥。

陳紫潔沒力氣解釋病況不嚴重，但WEN姐神色緊張將她抱起的瞬間，她非常很感動，還有了新的發現。WEN姐的背部並不是她以為的那樣骨瘦如材，而那胸口實在結實過頭，她完全沒有感受到屬於女性的柔軟。然而，陳紫潔也沒有心力多想，既然WEN姐能替老婆婆蓋茅草竹屋，抱起她根本沒什麼好訝異，可能她就是個精壯但胸部發育不良的女人。

潘崇文帶著藥丸和溫水再次進房，小心翼翼的扶起陳紫潔，確定她把藥服下才又幫助她躺平。他的眉頭從未鬆開，眼中盡是擔憂和抱歉。陳紫潔暗自慶幸，她真的沒看錯人。

「WEN姐，對不起。」陳紫潔躺下後，輕聲說道：「我沒有考慮到WEN姐為我想這麼多，勉強妳帶我來，又任性的，說要回去。」

「不，我……對不起。」一絲喜悅油然而生又立即消失，潘崇文欲言又止。他記得病人受到驚嚇會讓病情惡化，難不成她會發燒是因為自己嗎？他不想確認這種事情，只能再次道歉。

陳紫潔擠出笑顏，刻意輕鬆笑道：「剛剛WEN姐真的很像不認識的人，但那應該是我還不夠認識妳。畢竟，WEN姐一直都很神祕。」

「我不習慣說太多自己的事情」潘崇文說著，心虛的移開目光。

「那可以跟我說別人的事嗎？我還想知道WEN姐在找的那個人的事情。」

此話一出，潘崇文愣住了，沒想到陳紫潔提出窺探似的要求，自己居然沒有反感。想想，大概是緋紅的臉龐讓陳紫潔比平時嬌弱，加上他非常自責，認為自己沒有立場拒絕吧！

但現在還不行，他不想在這種狀況下讓陳紫潔知道自己的謊言。

「那我就說一個，他自編的童話吧……」

潘崇文見陳紫潔微笑點頭，才緩緩說道：「從前從前，在某個地方，有一名小男孩。有一天，小男孩的身體發生了怪事。他一碰到冷水腳上就會長出魚鱗。魚鱗反光的時候，呈現彩虹色的光澤，男孩覺得十分好看，就像傳說中的美人魚一樣，卻也知道這樣很奇怪。

所以，他忍痛把身上的魚鱗一片片拔了下來。奇怪的是，拔的時候雖然很痛，卻不會留下傷口。看著散落一地的魚鱗，小男孩把他們偷偷裝到鞋盒裡，當作寶貝藏了起來。可是，生活中難免會突然碰到冷水，男孩從此只能穿長褲生活，趁著晚上獨自欣賞魚鱗，再將它們拔掉，收起來。」

至此，潘崇文才終於緩緩抬頭，觀察陳紫潔的反應。陳紫潔乖巧地躺在床上，像個幼兒聆聽床邊故事般，望著自己。潘崇文安心許多，繼續道：「有一天，小男孩的父母發現了那個鞋盒，生氣的罵小男孩是妖怪。小男孩很難受，但父母並沒有放過他，反而告訴眾人，人們紛紛咒罵、驅趕小男孩，說他……不正常。」

潘崇文目光幽微，明明是自己說出來的話，卻還是覺得有個利器重重扎入心臟。他儘量不動聲色，繼續故事。

「有一天他夢到了亞特蘭提斯，夢裡的人告訴他，他不是怪物，是亞特蘭提斯的居民。

小男孩突然明白了，不是自己奇怪，而是這裡的人和他不同，他應該去尋找亞特蘭提斯。

可是，男孩要去找亞特蘭提斯的時候，有個女孩阻止了他。那個女孩是唯一一個沒有羞辱他的人。女孩向他告白，男孩很錯愕，他對那個女孩並沒有那種情愫。最後，男孩趁著半夜無聲的離開。跳入海中，沒想到他沒有辦法成為真正的人魚，也無法在海中呼吸。所以，他不斷的在海邊徘徊，希望有一天能去亞特蘭提斯。

「但他還是沒有找到。」這句話，潘崇文只留在心裡，若說出口就太明顯了。

聽完故事，陳紫潔雖然沒辦法深入思考，卻也明白WEN姐為什麼要尋找那個人了。她輕聲說道：「WEN姐，妳為了喜歡的人，真的好努力。」她能想像，那個她所不認識的男孩不被社會接受獨自在海邊遊走的畫面。與此同時，這個深愛他的女人想盡辦法尋找他的下落。陳紫潔一直以為這種戀情只有電視劇才有，沒想到近在眼前。

「好了，故事說完了，早點休息。明天，帶妳去看醫生。」潘崇文說著，他已經想好，健保卡會暴露陳紫潔的身分，一定要裝作忘記帶，看是要押金還是直接自費都行，不要拿出健保卡就好。

「沒關係，明天應該就好了……我們不要冒那個險。」陳紫潔婉拒道，又給WEN姐一個微笑，希望她不要再自責，便昏昏沉沉的睡去。

第七章

期中考結束，潘崇文興沖沖的背著書包快步走出校門。他為了考試忍了一週都沒有出去，今晚一定要好好享受街上熱鬧的氛圍。

從學校走到北新竹火車站不用幾分鐘，通勤時間，人們心無旁鶩朝著目的地快步前進。潘崇文卻放慢腳步，用餘光觀察，那些不必穿著制服或套裝的女性如何穿搭。什麼髮型適合自己的臉型，怎樣的搭配能凸顯自己的優勢，各種走路姿勢展現什麼樣的氣質，全是他注意的重點。

正當他四處張望時，一陣不自然的香氣與他擦肩。一個穿著無袖背心與短裙的女人繞過潘崇文，不疾不徐的往車站前進。背部的鏤空設計，讓女人無瑕的肌膚看起來格外引人注目。真正吸引潘崇文的是那女人發出的自信，她掛著淺笑，輕撩髮絲，清楚自己得到眾人目光，並享受著。不知不覺間，潘崇文跟著女人通過閘門，眼前的人停下腳步，帶著一抹神祕的微笑轉過身來。

潘崇文尷尬的佇足，女人一步步朝他走來，那股香氣再次撲鼻。

女人挑選商品似的打量潘崇文，確定他身上穿著高職的制服，莞爾淺笑道：「你是不是想跟我說話？否則，怎麼一直跟著我呢？」

「不，不是。」潘崇文羞赧道，不知如何解釋自己的行為。

「是嗎？我還覺得你長得滿帥滿可愛的，要交換LINE嗎？」女人直盯著潘崇文，想勾走他的思緒。

潘崇文這下更慌亂了，連忙道歉，離開女人身旁，走向自己的月臺。他無法告訴那個女人，這是誤會，他並不是用那種眼光看她。潘崇文對情愛都沒興趣，他只是想和那個女人那樣打扮得美麗動人，獨自沉溺其中而已。

碰的一聲，他嚮往的繽紛被擋在門外，昏暗的白燈下，潘崇文爬上樓梯，家門口那扇老舊的鐵門就在上方等著他。忘記從何時開始，潘崇文總覺得這扇門的設計，與美式影集中常出現的牢房房門如出一轍，只不過後方多了另一扇防止窺探的木門而已。

每一次回家，潘崇文都覺得自己又一次親手將自己關入牢中。

走入客廳，潘崇文意外看見父母親靜靜的坐在沙發上。換作平時，他們倆不是在玩手機遊戲，就是在看影片。沒有了那些科技的聲音，這個家的冷漠赤裸裸的充斥屋內。

大概是夫妻吵架吧！潘崇文懶得多做猜測，只想趕快拿了東西就出門。

「看到人都不用叫的？你以為這裡是公園嗎？」

父親潘坤城突然開口，口氣顯然十分不悅。潘崇文自認掃到颱風尾很想抗議，但仍識相的淡淡道：「爸、媽，我回來了。」說完，又立刻起步。

「誰准你走的？這麼急？又要出去？你晚上出去都穿這種不三不四的東西？」潘坤城說著。唰的一聲！把一個裝滿衣物的塑膠袋仍在桌上。

潘崇文的臉頰頓時漲紅，眼睜睜看著自己的祕密從袋中洩漏。粉色的短裙，潔白的絲質襯衫，都是他為了獎勵自己努力考試事先買好的禮物。對！他把它們放在袋子的最上層，但是，他明明把整袋衣物都藏在衣櫥的最深處。潘崇文怎麼想都不明白為何會被父母發現。

「這一整袋女裝是怎麼回事？」

潘崇文支吾其詞，比起解釋，他現在更想發問。而他的父母顯然也沒有想要聽他解釋，母親林雅惠看著他，失望道：「我怎麼會生出你這種噁心的人！」

「你從小到大我們有這樣教你嗎？沒有吧！那你從哪裡學的？是不是學校？你整天在學校都學這種東西是不是？你們老師這樣教你的是不是？」父親大吼，把衣服打落在地。

「不是，真的不是……」

潘崇文急得哭了出來，他清楚父母是真的會去找老師。

「啪！」潘坤城一巴掌打在潘崇文臉上。顯然，他的眼淚只會助燃父親的怒火。

「哭什麼？你是女的嗎？說啊！哭什麼？」

潘崇文喘著氣，盡力遏止哭聲，不想再刺激眼前的這個男人。只是，淚腺完全不受控制，他只能低著頭拚命擦拭。

「好了，別再罵了，越聽越心痛。」林雅惠制止丈夫，鮮紅眼眶十分顯眼，眼神中只有輕蔑與失望。「你從今天開始，沒有我的同意都不准出去，下課就直接回家。我明天就去找你們老師，這些東西我會拿去丟。」

女裝全裝入垃圾袋中，隔天，被林雅惠扔在潘崇文的班導跟前。

「你這個老師是怎麼教的！」林雅慧疾聲喝斥，數學辦公室的老師們全嚇了一跳。「為什麼好一個好好的兒子被你教到給我穿女裝！」

「崇文媽媽妳先冷靜一下。」班導王建豪為難道。

「怎麼？你還擔心別人知道啊？我告訴你，你現在最好給我一個交代，為什麼我兒子會有這麼多女裝？你們學校是怎麼教的！」

林雅惠無法遏止的怒火，一掌重重打在王建豪的辦公桌上。

王建豪根本無法回答，沒想到潘崇文這孩子平時文靜而高冷，竟然有這樣的祕密。他這個得到教師證不到一年的年輕老師，實在不知如何應對。若是和她解釋這是個正常的過程，小孩只是在探索自我的性向，肯定會讓事態惡化。可是，若是不給林雅惠一個滿意的答案，勢必會被投訴，而潘崇文也不會得到家人體諒。

「請問這位是崇文媽媽？妳好，我姓謝，是崇文高一的數學老師。」一位資深的數學老師客氣的問候，自我介紹後，幫王建豪解套道：「剛剛聽到崇文的事情，我完全可以理解媽媽的心情，關於這件事情，王老師一定會去跟崇文談談。」

聽完，林雅惠的目光終於不再銳利，點頭同意，再次警告：「不要讓我再看到我兒子穿什麼女裝！」確認一切責任全算在老師身上，轉身離去。

王建豪驚魂未定，謝老師拍了拍他的肩膀，解釋道：「崇文爸媽應該是怕人說閒話吧！你要跟崇文好好聊聊，看要怎麼解決女裝的問題。」

門外，王建豪的小老師馬威俊已經聽到一切。待兩人談話告一段落，馬威俊又等了一小段時間，才故作冷靜的走入辦公室。他望向地上那袋女裝時，王建豪尷尬地把它踢到桌下，道：「把課本和水杯拿去就好了，考卷先不用動，等等我要讓大家輪流來前面拿。」

王建豪哪裡知道，馬威俊一回到班上，就站上講臺，掃視全班，神祕兮兮的疾呼：「各位，我剛剛聽到一件很有趣的事情。」那語氣極其戲謔。

「什麼事啊？你終於有人要啦？」

幾個學生起鬨大笑，但幾乎所有人的目光都聚集到臺上，沒有抬頭的人也豎起耳朵，想知道什麼事讓他興致勃勃。
「白癡喔！不是啦！那是好笑的嗎？我是說好笑的！」馬威俊揮了揮手否認，大笑道：「其實是剛才啊！剛才，我聽到潘崇文的媽媽在罵老王，說潘崇文房間裡有一整袋女裝耶！」
此話一出，全班一片驚呼，又旋即化作狂笑。
「真假？潘崇文，你偷穿女裝喔？」簡彥廷誇張的驚呼。
「喔！這是你說的喔！不是我，我只說他房間有女生的衣服。」馬威俊故意擺出浮誇的神色慌張道。誰都看得出來，他其實就是在附和簡彥廷。
簡彥廷走到潘崇文身邊，勾住他的肩膀。笑道：「啊你這打扮起來有沒有很美啊？有沒有放在網路上吸引那些變態？」
班上的核心人物帶起嬉戲的氣氛，班上的學生不覺間受了影響，也覺得十分有趣，紛紛朝著潘崇文，說出自以為幽默的玩笑。
「你說錯了啦！」簡彥廷的死黨方榮政大喊著，挽起簡廷豪的手臂繼續道：「他是幻想他以後女朋友的樣子。像這樣，對不對呀！」
「幹！不要學娘炮啦！噁心。」簡彥廷笑著推開方榮政，班上又是一陣哄堂大笑。
「你們夠囉！幹嘛一直笑他！」坐在潘崇文身旁的女孩突然站起身，喝止道：「你們有證據嗎？」

她是黃郁雯，班排第一的班花，這番發言吹散了過度高漲的歡愉。同時，上課鐘響，王建豪正好走入教室。班上陷入一陣尷尬，連王建豪都接收到了。簡彥廷臉皮薄膽子卻很大，竟然大聲問道：「老王！剛剛馬威俊說潘崇文他媽來找你，說潘崇文會穿女裝，是不是真的？」

王建豪沒有開口，但驚慌錯愕的表情已回答了問題，班上響起一陣驚呼與笑聲。潘崇文從頭到尾低著頭，直到這時才稍稍抬頭，偷偷望著王建豪。而他，正尷尬地苦笑，要大家不要亂說。潘崇文不知道老師是不是意識到自己錯了，至少他如此希望。

潘崇文的校園生活從此毀了。除了黃郁雯以外的女同學們，都有意無意的和他保持距離，男同學們則跟著簡彥廷，一逮到機會就用這件事取笑他，潘崇文最喜歡的游泳課當然也無法倖免。

全身沉浸在水中，任由浮力將身體載浮載沉。潘崇文內心仍躁動著，這是他第一次無法放鬆享受游泳。他將怒氣蹬到牆上，以自由式前進，看著底部的磁磚，反覆划水、換氣，潘崇文多希望腦中的戲謔也可以被自己撥到身後。

會變成這樣全是簡彥廷那傢伙害的！不，要不是馬威俊把事情說出來……但是，如果不是媽硬要把事情扯到老師身上，馬威俊也不會聽到……既然如此，是不是要怪自己？如果把衣服藏得更隱密一點，媽又怎麼會生氣……所以，這一切……都是咎由自取嗎？

還沒游到盡頭，潘崇文忽然縮起身子，雙腳著地，摘下蛙鏡。他不得不這麼做，因為淚水已經使他無法看清前方。潘崇文告誡自己，這樣太過懦弱，簡彥廷那群人就是想要嘲笑這樣的自己。悲傷與委屈立刻轉成不甘，他再次出發，由向彼岸。

只是，正規的游泳池太小了，小到他無法逃離同學們的譏笑，無論他再擅長游泳，再怎麼反覆掙扎，時間一到勢必要上岸。

「喂！美人魚！」

「幹！你這樣叫很靠北！超好笑！」

「欸！欸！美人魚你眼睛好紅喔？你哭了喔？」

「不是啦！他忘記這裡不是大海剛剛忘記戴蛙鏡啦！」

剛才，游泳課結束時，簡彥廷和方榮政刻意在潘崇文身旁一搭一唱，潘崇文本想加速腳步離開，不想搭理，沒想到兩人居然跟了上來。

「唉唷！美人魚不只游泳快喔！連走路都很快耶！」簡彥廷喊著。

「幹！笑死，簡彥廷，你真的很過分。」

「哇！不理人耶！美人魚聽不懂人話喔？」簡彥廷說著，伸出右腳想絆倒潘崇文。

潘崇文反應快，避開了惡意，卻因地面濕滑而踉蹌，一屁股跌坐在塑膠止滑墊上。潘崇文微微喘著氣，剛游完泳，他實在不想浪費力氣和這兩個人爭吵，卻忍不住怒視他們。騷擾歸騷擾，潘崇文沒料到這兩人竟敢動手動腳。

豈料，兩人放聲大笑，方榮政甚至指著潘崇文喊道：「彈塗魚！超像彈塗魚！簡彥廷，你有沒有看到他彈起來？」

他們為自己的幽默自豪，笑了好一段時間，笑得沒心沒肺，笑得整個泳池到放學後依然留著他們的聲音。

潘崇文望著水中的自己，只想到自己剛才有多狼狽。他還是喜歡游泳，不然他不會回來泳池。可是，現在的佇立之處有太多不堪，在這裡游泳已經無法像以前一樣愉快。想到這裡，潘崇文總覺得自己什麼都不剩了，無論是打扮還是游泳的自由，都被那些惡質的傢伙奪走了。

「既然如此，我真的還能被稱之為人嗎？」

此話一出，潘崇文倏然陷入黑暗，不同的聲音從四面八方傳來。

「你是Gay嗎？不回答是否認還是承認？」簡彥廷譏笑道。

「你是想成為女人嗎？你曾經想過要變性嗎？」王建豪真切的問道。

「你至少可以確定自己不是異性戀啊！你拒絕了黃郁雯。」方榮政自作聰明的判斷道。

漫無目的也不知方向，潘崇文只能拚命逃跑，這些聲音卻緊跟著迴盪在耳邊。他只能呼喊著：「我真的不知道我到底是什麼？」

不知跑了多久，聲音都漸漸消失，但一個模糊的女性聲音忽然冒了出來，說：「你不要在意不就好了？」

「是啊！不在乎就好了，我誰都不在乎就好了。」遠方傳來自己的咆哮。

潘崇文倒抽一口氣，猛然坐起身子，瞪大雙眼，大口呼吸。他下意識摸了摸自己，全身直冒冷汗。

潘崇文沒想過事情會演變成這樣。起初，他只是認為身為男人卻有扮女裝的衝動很不正常，但他正視這樣的自己。就像他溺水後反而愛上游泳一樣，他嘗試接受自己的喜好，也確實喜歡這樣的自己。怎料，他還在努力釐清這股慾望的原因，他的容身之處突然沒了。潘崇文只能逃跑，逃到現在卻更加不瞭解自己。

「我只是想知道我到底是什麼……我也很想知道我是什麼……」

潘崇文坐在床上，蜷起身子，莫大的悲哀從眼眶流出。

不知多久之後才稍稍平復，那時，海浪上岸的聲音從窗戶傳入耳中，潘崇文油然升起一些懷念與安心。

第八章

電視上，大視新聞臺的主播拿著稿，背後的螢幕顯示處理過的陳紫潔照片，下方斗大的新聞標題就是「女兒你在哪裡？國二少女蹺課蹺家，母親痛哭尋人」。

「新北市一名國二的陳姓女學生，在自己15歲生日當天竟然蹺課又蹺家。父母親下班找不到女兒，查看女兒電腦裡的通聯記錄，驚覺女兒疑似被一名叫『WEN』的網友拐走了，趕緊報警尋人。」

女主播說完，畫面一切，變成監視錄像，記者旁白說明：「從警方調閱的監視器可以看到，女學生背著書包，從南一門進入臺北車站，在郵局窗口附近的柱子與女性網友碰面，一起走進臺鐵4號月臺。可是，在這之後，人間蒸發。女孩21日離家出走至今已經三天，目前得到的線索過少，沒有頭緒，女學生的家屬心急如焚。」

接著，畫面切到中正一分局偵查隊，隊長面前擠滿麥克風，爭相收音。「採用手機定位，但因為陳女的手機都沒有開機，所以沒有辦法查詢到她的位置。另外，我們在第一時間也與陳女的老師、其他網友聯絡，但目前仍無法確定該網友的真實身分。」

畫面一轉，出現WEN在推特的個人頁面，帳號並沒有馬賽克處理。連線記者繼續報導：「女學生與這名涉案網友的共同網友向警方提供這個帳號，疑似呢！是這個涉嫌誘拐女學生的網友，所使用的社群帳號。但因為這個推特是國外網站，警方無法立即取得ＩＰ位置。這讓女學生的母親不知如何是好。」

畫面轉到陳紫潔家的客廳，張玉珊戴著口罩不斷啜泣，陳士仲坐在旁邊，同樣戴了口罩，神情哀痛。緊接著，出現張玉珊臉部特寫，她擦著眼淚，對鏡頭哽咽道：「我的女兒很孝順聽話，遇到事情怕我們擔心都不跟我們說。直到她蹺家了，我們才發現，她在學校被霸凌……我們都沒有注意到，我們一直在忙都沒有關心妳，對不起……我們好擔心妳，妳趕快回家，好不好？」

午餐時間實在不適合看這些，但下課鐘響就隨手打開電視的同學哪裡知道，上週五還被取笑的陳紫潔，原來並不是老師說的家裡有事請假，是離家出走了，還上了新聞。不只他，在新聞播出前，班上沒有人知道這件事。

談話聲完全消失，張玉珊的哭訴繚繞整間教室，如索魂鬼魅，一一鑽進眾人的耳中，確認他們體內是否存有良心。大多數的同學因為內疚與心虛低下頭，食不下嚥，少數幾個自認從未霸凌陳紫潔的人，朝吳育奇投以譴責的目光，仍不敢出言指責。

唯獨吳育奇對新聞嗤之以鼻，神色自若的享用午餐，發出細微的咀嚼聲。他篤定責任不在自己身上，畢竟，他從國一就開始欺負陳紫潔，她若痛苦到想逃學蹺家，早該跑了，何必等到生日那天。

同樣的影像，也在樓上的導師辦公室播送。儘管薛瑞琪就坐在位上，幾個人毫不留情的交頭接耳，沒過多久，所有人都知道陳紫潔是薛瑞琪班上的學生。

「聽到沒，媽媽說被霸凌欸！沒有跟老師求救嗎？」

「老師沒有用吧！真不幸，遇到那種老師。」

「難怪她只能逃學，該不會是為了逃學才蹺家的吧！」

「有可能喔！」

上週五打掃時間進來辦公室的女老師，指著電視大聲交談，存心要讓薛瑞琪難看。薛瑞琪不會對號入座，但也沒有辦法坐在位上聽他們冷嘲熱諷。抱著國文課本，便起身離開辦公室，提早進入班上。

班上鴉雀無聲，本讓她心情平緩不少，一踏進去，才發現幾乎沒有人睡著。薛瑞琪看得清楚，學生們或是扭動身體，或是變換睡姿，盡是在偷瞄自己，幾個大膽的，乾脆把外套蓋在頭上作掩護，從隙縫中暗中觀察著她。

薛瑞琪頓時明白，這些學生也看到了那則新聞。臺下三十幾雙眼睛，都在質問她，為何謊稱陳紫潔請事假？陳紫潔現在到底怎麼了？這是妳的錯，還是吳育奇的錯？

「是妳吧？妳可是老師，但妳沒有救她。」幾個不參與霸凌行為的學生，眼中充斥著埋怨，傳達出這樣的訊息。

這終究只是薛瑞琪的解讀，學生們什麼也沒說，她何必主動解釋。薛瑞琪冷靜思考，這群孩子根本沒那個膽量提問，否則不會沒有任何人對陳紫潔伸出援手。想到這，薛瑞琪解脫了，甚至露出淺笑。是啊！那些自認為沒有出手的正義學生，也不過是冷眼無視霸凌的幫凶，自己至少按照職責做了一些協助。何錯之有？

※

小套房內，沒有多餘的家具，但參考書與講義四處散落，像是有臺喝多的影印機四處留下胃裡的東西似的。地板尤其壯烈，幾乎沒有行走空間。王建豪連椅子都省了，在紙張環繞的空地，盯著筆電螢幕思索教案。此時，震動聲失禮的打斷思緒，陣陣傳入耳中，王建豪慌忙摸索四周，他不可能把手機放得太遠。

不久，王建豪在排列組合的考古題下找到它，螢幕顯示「黃郁雯來電」。來電已經一段時間，王建豪也沒心思猜測原因，立刻接聽。「喂？」

「喂？老師？老師，我是黃郁雯。」電話另一頭傳來急躁的問：「你看到新聞了沒？」

「什麼新聞？」王建豪這幾天都在忙著處理教案，完全沒有關心國家社會。

「女網友誘拐國二女生的新聞啊！我看新聞的敘述，還有監視器……那個網友好像是潘崇文。」

「潘崇文？等等，我查一下。」王建豪隨手按下擴音，用手機搜尋新聞。他已經好久沒聽到這個名字了，那是他第一個導師班的學生。那個孩子，現在變成了罪犯嗎？王建豪百感交集，他忽視那些在腦中閃過的片段，仔細觀察電子新聞附上的監視器畫面，以及記者轉述警方的犯人特徵。

「這，確實很像是……但，這真的是他嗎？我們隨便對號入座，不好吧？」王建豪反問，但他完全可以體會黃郁雯的心情。各家報導中都使用「誘拐」、「疑似深信亞特蘭提斯的神祕網友」、「人間蒸發」等詞彙，確實也讓他馬上想到潘崇文。

「老師，你忘記我是學平面設計的嗎？我看了那個帳號上傳的照片，拼起來真的很像潘崇文，我不可能認錯他的，我有畫人像，我傳給你。……可是，我不相信潘崇文會這樣，那些報導一定是惡意扭曲。」

黃郁雯傳來的畫像確實是潘崇文的模樣，只是比四年前更成熟一些。王建豪沉默幾秒後，附和道：「我也不認為潘崇文會這樣，就算是潘崇文，他應該有他的理由。」

王建豪不知道自己應該站在老師的立場，還是站在一個客觀的民眾立場。

這個人若是潘崇文，王建豪身為老師，還是想保護自己的學生，主動提供警察線索就像在出賣潘崇文一樣。可是，正因為潘崇文是他的學生，他可以理解，女學生周遭的人發現她突然不見有多自責和難受，如果潘崇文真的成為誘拐犯，身為一個知情的民眾，他理應主動提供線索。

「老師，我們該怎麼辦？」

「郁雯，我想想，等我想想，我再打給妳。」

通話結束時，王建豪的腦海瞬間被潘崇文占據。潘崇文母親來的那天，潘崇文的祕密被同學公開，潘崇文被霸凌的日子也從那時開始。

王建豪沒忘記自己那天有多窩囊。簡彥廷猛然提問時，他對上潘崇文的視線，王建豪不知道潘崇文當時的想法，但剛接觸的一瞬，應該還是有所期望的，期望他做為老師能拉他一把。

可是，被逼問的當下，他被畏懼挾持了。好不容易能與學生亦師亦友，若他喝斥簡彥廷與起鬨的學生們，建立起的關係可能就會消失。理智很會把他拉回，但那一瞬的猶豫就已經錯了。王建豪自知失手了，眼睜睜看著一個孩子掉入了深淵，難怪潘崇文的眼神絕望而無神。

其後，一旦有人在他面前取笑潘崇文，王建豪必定會制止。幸好高中生也有基本的道義，簡彥廷等人不想因為潘崇文和老師尷尬，一兩次後，就不會當他的面欺負潘崇文，但也限於此。據他所知，霸凌從未停止。

王建豪並不是毫無作為，他盡可能尋找機會與潘崇文搭話，可是，潘崇文一下課就會不見人影。不要說好好談話，連約個時間都十分困難。王建豪清楚，他不被信任，走投無路之下，只好委託黃郁雯私下傳話，請潘崇文放學到辦公室找他。

那天，王建豪從中午就待在座位上，複習自己這幾日以來蒐集的資料，以免自己沒有輔導老師的資格，誤用什麼不識相的詞彙，戳傷潘崇文。不過，不蒐集還不知道，光是性傾向，潘崇文就有好幾種可能。王建豪乾脆把同性戀、雙性戀、異性戀、異裝以及跨性別，全都看過一次，再額外蒐集相關資料。

「噹！」放學鐘的第一聲響起，王建豪像觸電般全身一顫，沒想整個下午仍沒能複習完這些資料。王建豪不想讓潘崇文不舒服，趕緊把資料收回背包，他緊張了半小時後，潘崇文終於出現。

兩人在公用的沙發上相對而坐，王建豪替潘崇文倒了杯水，小心翼翼的說：「崇文，你應該知道我為什麼找你來，老師希望能幫助你。」可潘崇文面無表情，只是基於禮貌看著他，眼神空洞而冷漠。

「老師，不覺得穿女裝有任何不對，那是認識自己的過程。你透過這個方法有比較認識自己嗎？」

「沒有。」潘崇文淡淡說道：「我只是覺得穿女裝很開心。」

「那穿女裝的原因是什麼？」王建豪真切的問道：「你是想成為女人嗎？你曾經想過要變性嗎？」

縱使王建豪盡力溫柔而徐緩的提問，潘崇文一瞬間變得警戒，王建豪才明白這樣的問法不恰當，於是改口：「我換個問法好了，你有曾經喜歡過誰嗎？」

「老師，好了。」潘崇文雙眼半闔，目光幽怨，阻止道：「你不可能幫得了我，你連簡彥廷都管不了。」王建豪頓時羞愧，果然，正如他懊惱的，他已經失去潘崇文的信任。即使他想彌補，眼前的孩子也不想接受。

「那……你要去輔導室找諮商嗎？」

「你是班導，應該最認識我了。連你都沒辦法幫我，我不奢望輔導老師能幫上忙。而且，我為什麼要主動跟別人揭露我的祕密和傷疤？……我明明藏得很好，要不是我媽，老師你也不會發現不是嗎？」

潘崇文皺著眉頭，原本還看著王建豪，說到後來卻移開了眼神，神情哀戚難受。一剎那，竟撥動了王建豪的心弦，他差點脫口而出「以後都來老師家換女裝就不會被發現了」這種瘋狂的建議。這太荒謬了，王建豪他立刻告誡自己不該如此。

王建豪深感遺憾與自責，這點無庸置疑，可在那之前，還有一條無論如何都不能逾越的師生界線。他死守了這條底線，沒有給予出格的建議。不久之後，潘崇文無息的離開了。沒有人知道潘崇文去了哪裡，連他的父母也只報案、辦退學，沒有積極找人。

是啊！潘崇文的父母呢？他們知道這件事了嗎？親生的孩子疑似犯罪而上新聞，總不可能無動於衷吧！王建豪沒有實際的對策，但就情理來說，如果父母釋出善意，潘崇文或許就會自首。

王建豪拿起手機翻找電話簿，又想到事先告知雖然有禮貌，但也可能讓他們趁機騙他待會有事要外出。避免打草驚蛇，王建豪決定直接登門拜訪。

循著他保存良好的通訊錄，搭火車來到竹東站，又走了幾分鐘，王建豪終於抵達老舊的公寓前。這一樓一戶的四層公寓，沒有什麼修飾，外牆就是水泥的原色。二樓，那唯一沒有裝鐵窗，保留狹窄陽臺的住家，便是潘崇文住過的地方。

抬頭望向二樓，王建豪記得潘崇文假裝去上學實則逃學蹺家的那天，曾經來拜訪，那次並不愉快。而今，又不請自來，王建豪自知可能遭到什麼樣的待遇。他苦笑了幾聲，還是按下了門鈴。

刺耳的舊式鈴聲響起，對講機傳來婦女的聲音：「喂？誰啊？」

「請問是潘師傅家嗎？」

「是要做裝潢嗎？有跟我老公約嗎？」

王建豪篤定她是潘崇文的母親林雅惠，立刻說：「崇文媽媽，你還記得我嗎？我是崇文的老師，王建豪。」

「我不認識你，請你離開。」

「是嗎？」這種反應當然在預料之中，王建豪冷靜回道：「我明明記得潘崇文住這附近，不然我在這幾條街上大喊幾聲，還是我乾脆去菜市場裡問看看好了，說不定有人會認識我那個會穿女裝的學生。」

「身為老師居然敢威脅人……」

至此，林雅惠沉默半晌，終於還是打開門鎖。

踏入水泥建築，狹窄的樓梯令王建豪十分不自在。牆上白色油漆剝落處露出灰黑色的水泥，王建豪腳下踩的階梯，則是淺灰的水泥，不會有人認為這通往一個溫馨的地方。王建豪看了看手把，那覆蓋在手把上的橘紅色塑膠已經脆化，完全沒有點綴的效果，倒像在地牢通道上擺了塑膠花一樣諷刺。

或許是樓梯間給人的感覺太差，看見潘崇文的家門時，王建豪覺得那扇門和美劇裡常見的牢門有幾分相似。他也沒時間多想，木門已經向內敞開，林雅惠雙手抱胸，站在門口，嫌惡的盯著這個從地下鑽上來的訪客。

林雅惠不打招呼，領著王建豪在陽臺脫掉鞋子。客廳與陽臺的界線是使用鋁製拉門，拉門上的是防偷窺的黑色玻璃，拉門之內還有防蚊紗窗。林雅惠打開它們時，發出沒什麼保養的哀號聲。

走進客廳，米白的天花板下，仿木紋的壁紙占滿四面牆壁，除了電視櫥櫃之外，三人座、二人座與單人座的木椅各據一方，包圍長方形的木桌。兩人立刻相對坐下，對於不速之客，林雅惠自然沒有茶水招待。

王建豪也不客氣，隨即切入重點，說：「今天新聞報導，有一個網友誘拐國二女學生逃家，崇文似乎是那個網友。」

林雅惠臉上閃過訝異，顯然不知道這件事，王建豪見她還有些反應本來萌生一些希望，但希望很快地就凋零了。林雅惠恢復冷靜，面無表情問道：「我不知道這個新聞，就算真的是他。關我們什麼事？」

「他是你們的孩子，難道妳一點感覺都沒有嗎？」

「我的孩子失蹤了，你忘了嗎？」林雅惠不以為然的說：「我沒有掛失他的身分證和健保卡，已經對他很好了，你以為這幾年健保費是誰在出？他成年那天戶籍就已經遷出去了，我跟他的關係也已經結束了。」

「妳以為妳這樣就表示妳很偉大嗎？」王建豪氣不敢置信的說：「妳沒有陪在他身邊，沒有幫助他，讓他自己承擔成長的壓力。妳好意思認為幫他多付兩年的健保，就盡到母親的職責？」

林雅惠咂了聲嘴，不屑道：「他本來也可以留下來生活，我四年前應該就說過了，他好好當個正常的男人，聽他爸的話繼承家業，他就可以待在這裡。」

「不，不是。」王建豪打斷並糾正，忿忿道：「妳當時是說『如果他這樣的行為被鄰居知道，妳會被指指點點』，之後才說這些話。」

「妳根本不是為了他，妳是為了妳自己！妳犧牲自己的孩子，換取妳想要的安穩生活。是妳逼走他的！」

「他自己某天突然就離開了，留了紙條說他要去找尋自我，要我們不要找他。」林雅惠淡淡道：「我是按他所希望的做，我沒有錯。他去追求他想要的生活，而我要的生活就是安安穩穩的到老。」

實在是太悲哀了。王建豪不由得自嘲，他相信天下無不是的父母，天真的以為林雅惠夫妻能有所行動。

「果然，潘崇文逃家是正確的。」

王建豪話剛說完，有個腳步聲跨過了家門。兩人一轉頭，便看到潘崇文的父親。

潘坤成肩披著毛巾，破舊的單寧工作服上頭滿是洗不去的斑駁。胸口和腹部幾塊白色的油漆，應該是今天才沾上的，看起來還很亮白，與沾染木屑與塵土的臉有強烈的反差。

剛完工，潘坤成神色疲倦，一見到王建豪，整個腦子都清醒了。「為什麼這傢伙在這裡？」

「他說他還想知道潘崇文的其他事情，威脅我不開門就去市場問鄰居。」林雅惠說明著，刻意隱瞞潘崇文犯罪的事情。

「妳這個女人真沒用！兒子養成妖怪，跑不見，現在連讓妳在家顧門都有問題。」潘坤成辱罵妻子之後，轉而朝向王建豪說到：「還有你，幾年前就說了，我一個小孩都沒生。無後了你懂不懂？你現在就給我死出去！」

潘坤成無法大吼責備，否則鄰居們都會知道發生什麼事情，光是口出惡言實在不足以發洩，他四處張望有什麼工具，低頭一見王建豪的鞋子，乾脆把它們直接扔出門外，又朝王建豪說：「愣著幹嘛！還不給我滾！」

王建豪嘆了一口氣，默默走出大門。「鏗！」潘坤成旋即關上外頭的鐵門，王建豪透過鐵桿，本想再說些什麼，卻只來得及對上潘坤成的怒視，以及被重重關上的木門。

這結果在王建豪的意料之內，他反而慶幸林雅惠沒有刺激潘坤成，否則潘坤成又要毒打他一頓了。

沒想到潘坤成四年來仍然沒有改變。當年，告知潘坤成潘崇文失蹤時，他也不難過，只顧著把全世界都責怪了一遍。

「你們是怎麼教的！」

那時，王建豪來做家庭訪問，潘坤成只顧著發洩。先朝王建豪咆哮，又轉頭對妻子吼道：「妳連一個兒子都顧不好！」

「我就覺得他很奇怪！都這麼大了，還會計畫要去什麼亞特蘭提斯。你看！變成一個不男不女的妖怪！」

「相信亞特蘭提斯和他會扮女裝沒有關係。」王建豪立刻解釋：「我記得有種狀況叫『彼得潘症候群』他可能只是像彼得潘一樣不想長大，所以才會保有一些夢想。而且，扮女裝也是因為他在自我探索……」

潘坤成才不在乎這些，打岔說：「我養小孩就是為了讓他繼承家業，我還讓他來工地幫我，讓他讀竹高的室內設計，結果他假藉游泳名義扮成妖怪！現在還給我蹺家！搞的所有人都來問我，好像是我的責任一樣，是想逼死誰！」

王建豪那時也確實說錯了，潘崇文不是彼得潘症候群。彼得潘症候群的人依賴心很強、不負責任，抗壓性又差的人。事後怎麼想，潘坤成更像是有彼得潘症候群的人。無論是林雅惠還是潘崇文，和他的這種人相處肯定很辛苦。

「崇文啊！可憐的孩子……」王建豪回頭望著這棟冰冷的建築，感嘆道：「現在只剩下我和郁雯了嗎？可是，我該怎麼幫他？」

「身為一個老師，我四年前沒能拯救他，而今有什麼方法能幫助一個犯罪的學生？」

話語離開口舌，透過空氣，從耳朵回到王建豪腦中，就像另一個自己說出來的話似的。這句話竟讓王建豪頓悟了，發出驚呼，熱烈的責任感傳遍全身，鼓譟著。答案在他心底激昂而懇切的說：「潘崇文是我的學生，我有責任教導他。幫助警察並不是出賣他，是在拯救那個可憐的孩子。」

下定決心，王建豪背對潘家離去，拿起手機，通話：「喂？郁雯嗎？我想清楚了，我整理看有什麼能幫上警方的資料，我們明天就上臺北。我們要幫潘崇文走回正途。」這次，一定要把他從深淵拉出來。

第九章

「叩叩！」房門傳來敲響，陳紫潔應聲後，才緩緩開門。門外，潘崇文頂著黑色的中長髮，穿著短袖與牛仔長褲，端著稀飯與一些罐頭配菜，臉上仍是擔憂與自責。

「WEN姐，早安。」陳紫潔坐起身，望向身旁的人，小心翼翼的把陳紫潔的第一餐擺到桌上。陳紫潔不好意思道：「不小心就睡到中午了，還讓妳幫我端午餐過來……」

「別在意，妳是病人，多睡是好事。」潘崇文伸手碰觸陳紫潔的幾次額頭，再三確認這女孩確實已經退燒。露出淺笑，道：「感冒藥我也放在桌上，吃完飯要吃喔！如果又燒起來，再吃退燒藥，我一起放在這裡，包裝上有寫，不用怕吃錯。」

「謝謝。」

陳紫潔道謝後，潘崇文幽幽的望著她半晌，才緩緩說：「我今天晚上也會比較晚回來，電鍋裡還有稀飯，下午跟晚上都吃也沒問題。……如果身體好多了，想出去晃晃，要記得帶鑰匙喔。……我把鑰匙放在客廳桌上。」

潘崇文說完，神情從更加憂傷，盯了陳紫潔半晌，輕撫著陳紫潔的頭。陳紫潔總覺得，這雙眼中全是訣別似的哀痛，幾乎就要溢出來了，連忙安慰道：「WEN姐，我的恢復速度很快，已經沒事了。」潘崇文應了聲，慢慢收回了手，擠出連陳紫潔都能看破的假笑，道：「我出門了。」

房門關上後不久，家門也發出聲響。WEN姐已經出門了，陳紫潔豎起耳朵聽著，一面把吃著午餐。陳紫潔無法解讀WEN姐的表情，她真的沒有把昨晚的事情放在心上，身體也幾乎康復了，WEN姐實在沒有理由如此悲傷。

陳紫潔腦海全是WEN姐的表情，不知不覺間已站在流理臺前。水柱不疾不徐的流下，填滿整個飯碗又漫了出來。她加緊動作洗完餐具，順手刷了水槽，潔白的泡沫被水流帶走，槽底的金屬映出滿臉疑惑的陳紫潔。「唉……」她嘆了口氣，唯一想到的可能是WEN姐在外頭遇到了事情，但她不知該怎麼提問，就算WEN姐肯說，她能幫上忙嗎？

陳紫潔把水擦在腰部的布料上，正要回去房間，便看到WEN姐留下的鑰匙。湊近一看，除了大門與家門鑰匙之外，還多了一把陌生的小鑰匙。

她下意識轉頭望向家門，昨晚的景象冷不防的躍於眼前。昨晚驚慌而無助的心情，還有身上連手機都沒有的絕望，一口氣湧進陳紫潔腦中，和WEN姐意味不明的表情狠狠碰撞。

「我真的，不了解WEN姐。」陳紫潔目光拉回鑰匙，腦中竟突然一片空白，又慢慢浮現WEN姐的房門，拿回手機的念頭隨之萌生。

「這次，不是因為好奇心也不是為了偷窺……。」陳紫潔站在門前，努力消除罪惡感，「我不是認為WEN姐是壞人，只是……手機不在身邊果然太危險了，那是我唯一能和別人聯繫的方法……」

陳紫潔不知花了多久的時間說服良心，才終於把手伸向門把。幾秒過去，她遲遲沒有握住，深怕觸碰到那金屬製的把手似的。直到鼻腔忍不住吸入大量空氣，她才意識到自己剛才緊張到屏息。大口吐氣的瞬間，心一橫，陳紫潔終於握住門把，冰冷的金屬立刻吸走她部分的體溫，而她也將之下壓。

陳紫潔喘氣似的呼吸，心跳聲怦怦怦的在走廊間撞擊、回傳，又從四面八方進入耳中。然而，門把不為所動。瞬間，陳紫潔鬆了一口氣。

「既然上鎖了，就表示不能看吧！」陳紫潔吁了長氣低聲道，卻想起那把陌生的小鑰匙。她張開左手，盯著WEN姐留下的那串鑰匙，將小鑰匙緩緩插向門鎖。

「如果能轉開的話……如果能轉開的話……」

小鑰匙理所當然的進入孔內，陳紫潔心一驚，慢慢轉動鑰匙。

「咔！」鎖開了。

「WEN姐應該是同意我進去，才會留下鑰匙的……吧……」陳紫潔咕噥著不踏實的推測，拖著腳步輕輕推開房門。

漆黑的房內只有一絲光線，那是來自屋外的陽光，在窗簾的阻撓下仍偷偷向下，繞過簾擺，匍匐在地上，卻也無法再探得更深。陳紫潔張望一下，開啟身旁的電燈開關。天花板灑下的鵝黃色燈光，一剎那，米白色的牆壁和藍灰色的地毯頓時出現眼前。

這和陳紫潔的妄想迥然不同，她張望了一會，才想起自己是進來找手機，趕緊走向梳妝臺，拉開其抽屜，卻只看見多到令人炫目的彩妝與保養品。陳紫潔困惑的轉頭張望，才發現其中一面牆是隱藏是櫥櫃。

拉開右邊，各種服飾分門別類的掛著，底下有個兩層的小抽屜，陳紫潔二話不說，拉開抽屜，上一層是棉質三角內褲，她拉開下層，卻發現摺疊整齊的四角褲。陳紫潔翻了一下，忍不住倒抽一口氣。

「這是男生的內褲嗎？」陳紫潔低聲驚呼。她很想告訴自己這只是安全褲，但一個女生怎麼可能有六、七條安全褲。

陳紫潔匪夷所思的關上抽屜與拉門，又拉開左邊那扇。這回，出現在面前的並不是衣服或抽屜，是擺滿書籍的木櫃。從顏色看來，書櫃顯然是額外設置的。櫃內的書類型眾多，一層層整齊擺放，從童書、小說、研究專書、工具書到自己印製裝訂的論文都有，這些書的主題全是亞特蘭提斯與海洋傳說。

除了圖書館，陳紫潔從沒看過這麼多艱深的書籍，一時間腦袋一片空白。往後一退，餘光瞄到木櫃底層之下還有個空間，而且裡面似乎有一疊東西。陳紫潔趴在地上，伸長手，撈出厚度與尺寸都不一的筆記本，而最底下的那本封面已經泛黃。

陳紫潔隨意翻閱幾本，發現裡面內容不一，有的是潛水的筆記，有的是穿搭的心得，她越看越驚喜，她能感覺到，這些筆記一點一滴構築了WEN姐這個人。突然間，她注意到稍有厚度卻也是最老舊的一本。

「這是，日記嗎？」陳紫潔大致翻閱，這本書的格式與日記相同，但上面的日期卻不連貫，應該是偶爾抒發心情才會記錄的札記。

陳紫潔翻開較早的一頁，上頭的日期已經水漬而模糊，只能大概看出年分是二〇一三。內文寫著：

我也想知道我到底是什麼？但我不知道，我真的不知道。我沒有辦法反駁任何人，即使我知道他們說的或許並不正確，但我不知道要拿什麼去反駁。他們不能接受這樣的我，我也無法接受不能接受我的他們。

這段話滿是悲憤，陳紫潔卻無法看出原因，翻開更早期的頁數，似乎是二〇〇八或是二〇〇九年的紀錄，寫著：

我相信亞特蘭提斯真的存在，它一定在海裡的某個地方。只是亞特蘭提斯人藏得很好，才沒有被陸地上的人類發現。就像彼得潘一樣，彼得潘才不會出現在大人面前。我想亞特蘭提斯人也不會隨便接納我們這些沒有鱗片的人，……

陳紫潔記得這段話，這是剛來這裡的那天晚上，WEN姐說過的話。「這難道是WEN姐喜歡的那個人留下來的日記嗎？」陳紫潔越看越不明白，又往後翻了幾頁。這次，是二〇一〇年的紀錄：

第一次買女裝真的好可怕，只能跟店員說那是送人的。可是不直接去試又怕尺寸不合，很浪費。不過，下次就能穿這套女裝去買衣服了。在那之前還要買假髮，網路上有好多可愛的款式，錢應該不會不夠吧！

「女裝？」陳紫潔驚呼著，立刻把日記翻到最新的一頁。那是昨天才寫的，只有一句話：「我真是太惡劣了，可是我真的不知道該怎麼辦……她想多認識我，但我不知道該怎麼做……如果她想回去，就應該讓她回去，我不應該這樣……」隔壁頁，是前天寫下的「小潔看起來真的很開心。雖然去上班要換回男裝，回家又要找地方換女裝很麻煩……」

「這是什麼意思？」陳紫潔驚訝得說不出話來，「WEN姐是男的嗎？」

陳紫潔的腦子像被奮力搖晃似的發脹，心中滿是疑問，難以接受卻也難以否認。就因為他是男的，所以才會一直換假髮、所以沒有胸部，原來昨晚不是因為自己神智不清，是因為他是男人才會這麼結實。所以，這裡才會有男性的內褲。

「WEN姐沒有晾過內衣褲是因為不想讓我發現嗎？」陳紫潔恍然大悟，起身打開浴室的門，果然看到裡面晾著兩件男生內褲，還有她沒看過的短衣、長褲。

陳紫潔跌坐在床邊，腦中一片混亂。昨晚的床邊故事，其實是WEN姐自己的故事嗎？陳紫潔無法忽視這股緊緊扣在心上的震驚，她並不覺得噁心，但她所認識的WEN姐應該是個女人，一個美麗動人、溫柔可靠的女人。

慌亂中，她的眼神四處飄移，最終，遲鈍的回頭，望向那疊筆記本。那些她貼在地上，努力撈出的筆記本。陳紫潔失神般淡淡問道：「把這些東西放那麼裡面，是不是不想讓我發現？那到底是為了什麼讓我進來這裡……」

沉默了半晌，陳紫潔無奈感嘆道：「除了WEN姐本人，也不會有人知道吧……」收回目光時，陳紫潔猛然發現，她的手機就躺在枕頭上，那一個極其顯眼，離梳妝檯約莫十公分的地方。

答案不言而喻，陳紫潔脹紅了臉，羞愧得不知如何是好。

「所以妳就來找我了嗎？」婆婆倒了杯水，放到陳紫潔面前。「妳拿到手機了，如果真的很害怕，妳不該來找我，應該直接打電話求救。我一直都知道他男扮女裝，可是，我還是替他隱瞞妳。」

「不是，我不是害怕。」陳紫潔的雙手不斷互相搓揉，坐立難安的望著老婆婆，「我只是不知道該怎麼面對他……如果打電話報警，會害到他。他又沒做什麼……」

「妳叫紫潔吧！妳是個好孩子。不過，小文也是。」老婆婆捧著水，喝了一口，又道：「既然妳願意相信我，那我來問妳一些問題幫助妳想想。」

陳紫潔不默默點頭，老婆婆便問：「妳不知所措的原因是什麼？」

「我覺得WEN姐……」話一出口，陳紫潔才意識到WEN不是女的，便改口：「我覺得他不一樣了，不是我認識的人。應該說，我一直以為喜歡亞特蘭提斯的不是他，是他在尋找的那個人。」

「這不能說妳錯，他在追尋的是他自己。」

有老婆婆的肯定，陳紫潔稍稍踏實一些，原來她並不是什麼都沒察覺的傻瓜。而老婆婆又問：「妳覺得性別不同，妳就不認識這個人了嗎？還是因為性別不一樣，他就不是他了？」

「我不知道，我覺得我好像沒有真正的認識過她。」陳紫潔毫無焦點的看著地面，整顆心在體內浮動，焦慮著。

「我倒是覺得沒有關係呢！沒有人能真正認識一個人。」老婆婆不想給陳紫潔壓力，默默看向門外，繼續道：「但與自己相處的那個人是好人，還是壞人，我們憑感覺就能判斷，對吧？」

這個問題，她昨晚就已經得到答案了。雖然被嚇到了，可是，那個人確實是那麼得不知所措與內疚。倒不如說，如果昨天沒有那樣，她無法從完美無缺的形象判斷他算不算好人。毫無限度的善意太過飄渺，正因為看過他犯錯，看到他懊惱不已，陳紫潔才能稍稍踏實，確定他是普通人。

「我覺得他是好人。」陳紫潔堅定道：「無論他到底是男是女，是WEN姐還是誰，這幾天幫助我、照顧我的那個人就是他，他是個好人。」

「真巧，婆婆我也這麼覺得。」老婆婆依舊望著外頭，陳紫潔不知道她到底在看什麼。

「小文他啊，代替了國輝被困在這裡。」

「小文住的房子，還有那附近的地，都是國輝的祖產，國輝的雙親死前要他經營民宿，但國輝不想被綁著，他想要跑船。四年前，小文出現了，替國輝承擔起那片土地的責任，代替他被綁在海邊。我問過他會不會想離開，他卻說這是恩人的請託，而且他也無處可去。……小文啊，真的是個好孩子，可憐的好孩子。」老婆婆喃喃的說著往事，不在乎陳紫潔的反應，感慨著。

陳紫潔終於理解那裡為何杳無人煙，說好聽是能不被打擾，其實就是與世隔絕。她不知道該說什麼，她不知道他到底經歷了什麼，但總覺得WEN姐背負的孤寂不是她能理解的。

不知過了多久，老婆婆轉過頭來，朝著陳紫潔笑道：「來，我給你看看他放在我這裡的東西。」

「嘿喲！」一聲，老婆婆起身，雙手交錯在她有些駝的下背，走向工作臺之後。陳紫潔跟在其後，走到角落的小桌前。小桌上擺了個東西，有陳紫潔半身高，但全被黑布覆蓋著，無法得知是什麼。

老婆婆轉頭看了陳紫潔一眼，小心翼翼的掀開黑布。那是一個木雕，是一個直立的人，全身無力，只剩右手努力向上伸長，頭部微微上仰。陳紫潔很快就注意到，這個木人的兩條腿上布滿鱗片似的雕飾，以及那副表情……

「這是他四年前在我這裡做的。」老婆婆解釋道：「他說這是溺水的人魚，即將化成泡沫的樣子。腿上一道道的裝飾是他的魚鱗，妳看這個表情……」

「永別的表情。」

哀傷排山倒海的襲來，瞬間淹滿陳紫潔的心。今天早上，他之所以露出這個表情，是不是就是因為他畏懼著？怕她拿了手機就會離開。不，或許他根本也猜想到了，只要讓她進去房間，就可能暴露祕密，卻還是把鑰匙留下了。

「我居然忘了……」陳紫潔低聲說道，驚覺自己只顧著驚訝那個人的祕密，完全忘記那個人出門前的表情。那覺悟又絕望的表情透過眼睛，在腦海中轉換成早上看到的那張臉龐，越發清晰，陳紫潔的心隱隱作痛。

「那是多大的決心，我卻只覺得他變得陌生……」陳紫潔摀著胸口說著，豆大的淚珠一顆顆落下，含糊不清的懺悔：「我才是壞人……」

※

週一晚上，幾乎沒有趕時間的遊客，來用餐的多是附近的住戶，生意也不算差，每桌平均能翻桌兩次。與昨晚相比，今晚的工作節奏從容不少，潘崇文終於享用到外場的冷氣，不再感到悶熱焦躁。可是，內心依然忐忑。

牆上點電視播持續放著新聞，正在報導國二女學生的誘拐案。第一次看到報導時，潘崇文全身像是被雷劈到，迅速把推特的帳號設成非公開，壓抑著不安專心工作。現在，就快八點，這則新聞再次出現，潘崇文仍無法視而不見。

新聞畫面轉到陳紫潔家的客廳，戴著口罩的張玉珊不斷啜泣，朝鏡頭哽咽喊話。潘崇文內心五味雜陳，他想告訴那對夫妻，自己比他們重視陳紫潔，他們卻失去了才注意到女兒，但也想告訴他們，他很抱歉，那個屋子沒有電視與網路，除了手機之外，陳紫潔不可能知道他們在找她。以旁觀者的角度，潘崇文不免羨慕，陳紫潔的父母是愛著她的，只是太過忙碌。事實上，陳紫潔在群組裡也是這麼說的，她真正需要逃離的只有那個悲慘的校園生活。

「要任性也該有個限度，讓父母這麼擔心。」

用餐的客人指著電視說道。潘崇文走上前清理桌面，側耳傾聽他們的談話。

「有可能是她受不了那種生活才走的啊！妳看她父母不是也說她被霸凌，而且他們也沒有關心她。」

「我是覺得啦！會跟網友跑的女兒不會多乖啦！如果她真的有良心吼，看到這個新聞就該趕快回家。」

「我也是覺得媽媽都在新聞上哭成這樣了，應該趕快回家。……說不定是網友不讓她回家啊！」

潘崇文默默收走盤子，無法為陳紫潔辯解，也無法為自己說些什麼。陳紫潔確實提過她想回家了，但昨晚被他兇過之後，陳紫潔沒有再提到這件事情。或許，他應該再問問陳紫潔的意願。

「唉……」潘崇文輕嘆一口氣，他知道自己說不出口。更何況，陳紫潔這時候可能已經不在他家了。

八點，餐廳內已經沒有客人，新聞結束，進入談論時事的談話節目。

主持人說完節目的標語後，介紹道：「今天，各家都有報導國中生被誘拐的事件。案件本身並不特別，但這個誘拐人的網友就很特別人，據說是一個正在尋找亞特蘭提斯的人。針對這個案件，我們請來各界專家來跟我們分享觀點。首先是海洋神話的專家高教授，網路觀察家六神，還有資深媒體人林浩瀚。」

三位來賓依序打完招呼，主持人又問：「每年好像都有發生網友誘拐未成年少女的案子，針對這件事情，六神你怎麼看？」

「真的！每年都會有蹺家案。但是吼！我覺得這個案子特別有趣。這是一起模仿犯罪！」六神桌上滿是珍珠板道具，他自信而有些浮誇的說：「首先，我們了解一下，根據女學生家長，還有女學生跟嫌犯的共同網友，這個嫌犯相信亞特蘭提斯存在。然後呢！我們再看看這個嫌犯的推特的帳號。」

六神舉起潘崇文在推特的頁面，主持人驚訝道：「你還把他截下來啊？」

「這是一定要截的，我跟你保證，只要嫌犯看到新聞就會關掉帳號。」六神指著截圖，自信滿滿道：「來，你們看這塊，自我介紹的地方，他寫『尋找亞特蘭提斯中』。而她的暱稱旁邊這串是她的ＩＤ，peter20XX，後面兩個數字我有做處理，我中午看新聞的時候有些電視臺沒有碼掉。來！看這個帳號有沒有發現什麼？Peter是誰？彼得潘啊！」

隔壁的教授顯然在偷笑，但主持人卻浮誇的問道：「喔？彼得潘嗎？怎麼會和彼得潘扯上關係呢？」

「彼得潘的故事是什麼？彼得潘把小孩帶去夢幻島，然後不讓他們回來對吧？這就是誘拐！而這個嫌犯呢！很可能是個彼得潘的模仿犯。所以呢！才會誘拐未成年少女，很可能是跟少女說一起去尋找亞特蘭提斯之類的。這根本就是一個海洋版的，彼得潘的故事。至於他真正的目的是什麼，就不知道了，說不定根本是個誘拐人的噱頭。」

六神煞有其事的說著，主持人也表示驚嘆，但隔壁的高教授卻笑道：「這個聽起來真的是腦洞大開。」

「從您的專業上來說，您認為這是什麼回事呢？」主持人問道。

「我對案件不熟，但如果是關於亞特蘭提斯的話，嫌犯可能找錯地方了。」高教授神祕兮兮的說：「亞特蘭提斯到底在哪的說法很多，甚至也有人認為臺灣曾經是亞特蘭提斯的一部分。但就我來看，大部分的說法都不太正確。」

「那您覺得最可能的說法是？」主持人問道。

「我認為最有潛力的說法是撒哈拉之眼。」高教授回答，拿起貼著撒哈拉之眼的照片，說道：「這就是撒哈拉之眼，它和柏拉圖所說的亞特蘭提斯有多一致呢？二〇〇五年，有德國學者發表在研討會上提過他的看法，二〇〇七年還出版英文版的專書。他的論文裡面就有相當多的論證，可以說明撒哈拉之眼其實就是亞特蘭提斯的遺址。」
「二〇〇五年就有了？」主持人浮誇的反問道：「那為什麼到現在還沒有確定呢？」
「學術研究就是這樣，一直會有人對支持的理論提出證據，真相會越辯越清晰。而我看過許多說法與資料，從各個角度來看，撒哈拉之眼的可能性最高。」
「您是權威啊！您都這麼說了，我當然相信。您可以跟觀眾舉幾個例子嗎？」
潘崇文聽過這個說法，但他完全沒有深入研究。他一直都認為亞特蘭提斯應該在海裡，而不是這種聽起來就十分乾燥炎熱的地方。
這時，潘崇文突然被撞了一下，一股濕潤衝擊腹部，旋即變成黏黏的觸感。
「天啊！對不起！」今天的接待員驚呼道歉，趕緊從桌上抓了衛生紙幫潘崇文擦拭，
「抱歉！我剛剛顧著和我朋友說再見，沒看路。」
接待員至少喊了快十次的「天啊！」和「對不起」，或許是太過慌亂，她完全沒有聽到潘崇文笑著說了三次「沒關係，真的沒關係」。聽到接待員的聲音，蘇大哥走出辦公室關心，而廚房的人正好一個個走出來，幾個好事的人跟著蘇大哥把兩人圍在中間。
「小芬，你看人家帥就這樣喔？妳看！連褲子都潑到了。」
年輕人開玩笑道，潘崇文記得，他是昨晚在入口洗菜的學徒。看了一眼潘崇文大腿上的汙漬，小芬連忙害羞的否認，要他不要開玩笑。

「潘欽，你有帶衣服來換嗎？把衣服拿去沖一下水，不然會留下痕跡。」蘇大哥問道。

潘崇文想起背包內的女裝，只能微笑道：「沒事，就是件衣服而已，等等就回家了。」

休息室門外，另一名廚師看著潘崇文等人，偷偷向江叔說：「這樣還笑得出來喔？脾氣真好，難怪你昨天那樣他也沒生氣。」

「裝模作樣。」江叔嗤之以鼻後進入休息室。看了一眼鐵櫃，問道：「新來的真的沒帶衣服來喔？」

剛才與他對話的廚師一邊打開鐵櫃，一邊道：「應該有吧！他來的時候，我看到他背一個很大的背包，裡面沒放衣服的話要放什麼？」

「可能是見不得人的東西。」江叔不屑道。

「你不要老是欺負新來的，潘欽看起來很乖。」

「你們不懂，他不一樣啦！他很噁心。」

真的，那個年輕人裡裡外外都讓江叔覺得噁心。看到那個笑容的瞬間，江叔就知道這個新來的人很不真誠，這樣就算了，他全身上下都像女人一樣。身體單薄，感覺沒什麼力氣，明明是個潛店的教練皮膚卻這麼白。被客人騷擾或被弄髒衣服也沒什麼反應，這不是膽小，就是為了裝出和善的形象。他多想剝掉那虛假的面具，那個年輕人卻不為所動。

收拾完，江叔打開後門。除了門上的燈泡與幾公尺外的路燈，外面可說是一片漆黑。雖說後門緊臨公園，但入口的燈泡最近的突然壞了，公園內路燈又不多，從後門根本看不清楚。江叔靈光一閃，想到了一計畫。他決定在黑暗處等潘崇文下班，搶過他的背包，看看裡面到底放了什麼。

約莫五分鐘後，和潘崇文一起站外場的男生率先從後門出來，潘崇文只用左肩背著黑色的背包，跟在小芬之後出來。那個男生打了聲招呼就先走了，留下兩人。

江叔埋伏在右側，沒有任何行動，默默盯著兩人。不是他顧忌自己在女生面前的形象，而小芬站在他和潘崇文之間，實在很難下手。

「潘，真的很抱歉。」小芬忽然又道歉一次。

「沒事，不用一直道歉。」潘崇文微笑道。

沉默了幾秒，小芬又問：「你，在這邊還習慣嗎？」

「今天比較輕鬆。」

小芬眼神閃爍，偷看潘崇文幾次，似乎在等待什麼。潘崇文卻掛著一貫的笑容，並沒有要多聊的意思。又等了幾秒，氣氛開始尷尬，小芬不好意思的說：「如果有什麼狀況都可以問我喔！我先走了，掰掰。」

見女孩轉身離開，江叔本要上前，卻看到潘崇文變得面無表情，不由得停下腳步，他心中竊喜，這個反應證明自己是對的。這時，潘崇文拉著滿是污漬衣襬，嘆了口氣，說：「果然很黏，還是先換掉好了。」江叔一聽，改變了他的計畫，這發展正是他所希望的，他就要看，這個年輕人到底為非要在店外換衣服。

與江叔的預期不同，潘崇文左右張望後，拉著左肩背帶走向公園。

手機手電筒的光線只能勉強照亮前方一公尺左右，光線之外，江叔正小心翼翼的尾隨著。在樹林的遮蔽下，江叔憑藉手機的光鎖定潘崇文的位置。不久，眼前多了一道白光，潘崇文尋光前進，確定那來自公廁旁的路燈。

終於抵達這間公廁，潘崇文沒想到公園晚上會如此漆黑，暗自慶幸上班前臨時起意進來探路。站在入口，看了看時間，潘崇文嘆了一口氣，走進男廁。

廁所對面的樹幹後方，江叔正暗中觀察。不得不說，看到潘崇文走進男廁時，他很震驚，看來女扮男裝這點是他猜錯了。然而，最主要的疑問沒有解決，為何他要來這裡換？江叔注意到公廁入口的監視器，放棄衝進去察看真身，就這麼躲在原地等待。

十五分鐘過去，潘崇文遲遲沒有出來。江叔打了聲哈欠，喃喃道：「換件衣服到底要多久……」他終於耐不住性子越靠越近。江叔盡可能避開監視器，在門口的死角仔細聽著裡頭的動靜，卻只聽到被自己壓抑的呼吸聲。難道是在醞釀便意嗎？江叔只想到這個可能。他來過這個公廁，裡面只有一個小氣窗，除非是幼稚園的小孩，否則根本無法溜走。

男廁的鏡子前，潘崇文拿著清單，再次左右檢查，確定眼影的顏色與口紅的顏色都和早上一樣，眼線的畫法也差不多。收拾好化妝品，他忍不住又嘆了一口氣。雖然說是因為弄髒衣服而換裝，潘崇文不確定這個舉動到底有沒有意義。陳紫潔早已拿了手機離開，或許她發現了他是個男人，離開時心裡還覺得噁心又荒唐。「陳紫潔不一樣。」不知從哪時開始，潘崇文的心底有個毫無根據的期望，時不時打亂他的思緒。一想到，回到家就要驗證這個想法，心臟跳得更加不踏實。

潘崇文默默望向外頭，入口附近有路燈照明並非無盡的黑暗，但他仍心虛的放輕腳步，如履薄冰，緩緩前進。前腳才剛踏出，江叔馬上大喊一聲，潘崇文嚇了一跳，還來不及搞清楚狀況，江叔已經衝上前扯住他的衣領。

「我就知道你很奇怪！原來是個人妖！」

江叔出言羞辱之餘，伸手搶奪潘崇文的背包。潘崇文死抓著背包不放，反而朝江叔臉上架了一個拐子。江叔沒想到自己會被打，愣了一下，惱羞成怒，一拳揮向潘崇文的臉，潘崇文向後躲開，江叔卻立刻一腳補在潘崇文的腹部。

碰的一聲，潘崇文跌坐在地，摀住陣陣作痛的肚子，眼睜睜看著江叔奪走他的背包，毫不客氣地把裡頭的東西全倒出來。上班時穿的衣服、化妝包、還沒換上的高跟鞋、手機以及其他雜物爭先恐後的摔落地面。

潘崇文嚇傻了，他從未遇過這種事情，驚恐的問道：「你到底想幹嘛！」

豈料，江叔竟然二話不說，拿起他的衣物朝他走來，抓住潘崇文的後領，一路拖行。潘崇文奮力掙扎著，江叔覺得煩躁，側身賞了他幾個巴掌，下手之重讓潘崇文有些發暈。江叔把潘崇文抵在路燈上，用不了幾分鐘，便用衣物把潘崇文牢牢綁在燈下。

「你這個變態！幹嘛綁我！你到底要幹嘛！」

潘崇文第一次被未知逼得如此驚慌。強光之下，看不清楚江叔的表情，更無法推測這個大叔到底為何如此，或是他接下來想要做什麼。他只能不斷扭動身體，撕心裂肺的喊著。然而，這個公園本來就沒什麼人使用，現在已經快要九點，更不可能有人經過。

「你說我變態？你這個穿女裝的人妖說我變態！」江叔吼道，撿起潘崇文的手機，又說：「我今天一定要讓所有人知道你多噁心。」

潘崇文不懂江叔想要幹嘛，但他腦中猛然浮現陳紫潔擔憂的臉龐。他也不懂，這時怎麼還有心思掛念陳紫潔，或許是太在意昨晚的事了。只是，現在發生這種意外，她一定又會擔心吧……如果她還在的話。

※

一陣敲門聲後，John推開辦公室的門，問：「小老闆，你現在有空嗎？」

小老闆警覺的抬頭，不解的反問：「John你怎麼這個時間了還在？」

John握著手機，一反常態，彆扭的走到小老闆桌旁，右手不斷上下摸著自己的左手，吞吞吐吐的說：「我，是想說，來找你談一下，Peter的事情……」

「嗯，你說。」小老闆放下資料，要John拉一張椅子來坐著說。

「我這樣講你可能不會相信……其實，Peter好像，會扮女裝……我之前在公廁看到過……」John皺著眉頭慢慢的說著，一邊想觀察小老闆的反應，但小老闆只是面不改色的看著他。他慌張的解釋：「我不是說要暴露他的祕密還什麼的，只是，今天看到一個誘拐的新聞……那個監視器拍到的女網友，好像是他。」

「你可以找那則新聞給我看嗎？」

見小老闆沒有多說什麼，John再次解釋：「小老闆，等等，我先說，我覺得Peter一定有他的原因。你也知道最近的新聞都越來越誇大不實，這可能是一場誤會。雖然Peter這個人很神祕，但不像是會作奸犯科的人。」

「你真的這麼想嗎？」小老闆問道：「他不是都不肯教你自由潛水嗎？」

John愣了愣，不敢置信的驚呼：「天啊！小老闆！我才不是那種人好不好，我是需要你幫忙才找你的，我想說你一定可以幫Peter，你居然……」看他這樣，小老闆忍不住露出微笑，也不等John反應過來，說：「要幫他也先確定他需要幫忙，你先把新聞找出來讓我看看。」

John頓時明白這是怎麼回事，翻出新聞拿給小老闆，道：「就是這個，這個監視器的畫面，我看到他扮女裝那次，就是這頂假髮。」

「女學生的家人還有網友提供的線索來看，嫌犯確實是個海洋狂熱者。尤其是購買面鏡和防寒衣這點，Peter很關注各大品牌新出的防寒衣。」小老闆看著新聞，娓娓分析道。他終於知道，這就是潘崇文的祕密，如此一來，他需要額外的收入的事情也說得通了。

「Peter不是有訂製嗎？為何還要去買那種套量的？」John問道。

「可能是基於對這項活動的熱愛吧！有新商品就去買來嘗試，只有像他這麼狂熱的人才會買這麼多東西。」小老闆若有似無的笑道：「明天他上班的時候，我再把他叫過來問問。」

「不是現在打給他嗎？」

「不，我跟他……」

小老闆話還沒說完，手機鈴聲響起，螢幕顯示「Peter來電」。潘崇文從來沒有主動打電話來過，小老闆連忙接起電話，豈料，另一頭傳來江叔的聲音。

「小老闆，好久不見啊！」

小老闆詫異的問：「江叔，為什麼你會用他的電話打給我？」

「小老闆，好好感謝我吧！我發現你這個員工其實是變態啊！我現在把他綁在我們餐廳旁邊，公廁的路燈下，你自己來看！」

「等等！你不是都上午班嗎？為什麼那麼晚會在那裡？」

「我這個月都是晚班啊？你想敘舊啊？可以，我等你過來。」

江叔說完就掛掉電話，小老闆石化般發愣，緩緩道：「完了，我搞砸了。」

不到半小時，小老闆載著John趕到公園，奔向公廁。距離幾步之遙，便能清楚看到潘崇文被綁在路燈之下。坐在一旁的江叔看到兩人，竟笑著打招呼：「嘿！小老闆，你還帶人來啊！」

看到小老闆與John現身，潘崇文驚覺他們會看到自己丟人的模樣，趕緊別過頭，羞愧的盯著地上。

「幹嘛把人弄成這樣，快放開他。」小老闆忿忿道。

「他是變態啊！你沒看到他穿著女裝嗎？」

「這很重要嗎？」小老闆指著潘崇文，朝著江叔義正嚴詞說：「我不管他到底是男的還女的，他是我的員工。要不是我沒本事讓他多賺一點，他也不會需要去你們那裡，還不放人！」

John從沒看過小老闆生氣，訝異之餘，跟著答腔：「這我早就知道了啦！我看過他在公廁換裝。我是這樣想啦！我喜歡穿籃球衣上班，他喜歡穿女裝上班，沒什麼不同啊！又不是沒穿。你這樣把人綁起來才變態！」

「你們這些人在海裡泡久，腦子都進水了！」聽到預期外的答案，江叔惱羞成怒的吼著。眼見小老闆和John態度堅定，江叔更加惱羞，回頭指著潘崇文道：「像你這種變態，不准再來我們店！」

「不稀罕啦！」John回嘴。

「江叔，你還要繼續嗎？你不會認為做這種事情沒關係吧？」小老闆慍怒著，惡狠狠地盯著江叔道：「我一定會找時間和蘇大哥聊聊。」

江叔臉色頓時慘白，夾著國粹，要小老闆別用這種爛招恐嚇他，拔腿跑離現場。John朝著江叔離去的方向比了中指，小老闆已經走到潘崇文身後。

「我沒有想到他改成晚班，抱歉，讓你受委屈了。」小老闆懺悔著。

衣服因飲料而黏手，小老闆顧不得衛生，奮力扯開幾乎鎖死的單結，再把纏繞手臂的長褲解開。潘崇文的手腕終於露出，上頭的綁痕紅得發紫。

潘崇文收回手，揉著手腕，不知所措的道謝，又說：「沒想到你們都知道了。」

「別擔心，只有我們知道。」John補充道。

「抱歉，明明答應過你。但是，你特別交代反而讓我特別注意你。」小老闆不自在的摸了摸脖子，解釋道：「你還記得一開始大家的東西都隨便丟在一起吧？有一次你帶了行李箱，我想說你要去外縣市玩，結果你行李箱有一搓黑色假髮跑出來，我就在想你的祕密大概跟假髮有關……我怕你被發現，就配給每個人一個可以上鎖的櫃子。」

John緊跟著說：「你放心，我都沒告訴別人，真的，我也是今天才知道原來小老闆也知道。」

兩人都擔心潘崇文無法接受，沒想到他頓時淚眼婆娑。潘崇文剛剛的真嚇壞了，腦袋頓時一片空白，又旋即被各種恐懼與心事入侵，在他腦中亂成一團。他們知道了又怎麼樣呢？他們沒有嫌棄，還趕來救他。

潘崇文全身上下只剩澎拜的感激，哽咽道：「真的，很謝謝你們……」

等潘崇文補妝的空檔，兩人替潘崇文收拾物品，待他出來，立刻交到他手上。

「謝謝。」

和小老闆交換眼神後，John提起膽子，戰戰兢兢的說：「Peter，既然我們也都坦白了，我們有事情要問你……今天新聞報導誘拐國中生的案子，那，是你嗎？」

潘崇文的目光微微向下，輕聲道：「是我，和新聞說的不太一樣……」他抿了抿嘴唇，不知道該從何說起，又該如何解釋。越想越慌，眼睛頻頻眨著，怕不說清楚會辜負兩人的信任。

「我相信你。」小老闆果斷道，給了潘崇文一些支持，也勸道：「但是，她未成年，就算你想負起罪責，也可能影響到她的家庭和未來。」

潘崇文怎麼可能沒想過，但事態已經不同。「我不知道她還在不在。她，可能已經知道我是男的了……」不，就算她還在，他捨得放手嗎？

潘崇文口氣倏然哀怨，兩人知道不該追問。沉默了半晌，John試探似的說：「我們跟你回去吧！如果她還在我們能證明你是好人，如果她不在，我們也可以幫忙找。」

「不對。」小老闆立刻反駁，搖了搖頭後，說：「如果只是載你一趟我很樂意。但你應該自己回去，我們去了也只是給你壓力。」

潘崇文一愣，緩緩抬頭，意外對上小老闆的目光。那眼神滿是關愛，心疼著自己。

「Peter，你專心面對那個女孩就好。你有我的電話吧！有什麼事情都可以打給我，我一定會接，就算是半夜也沒關係。」小老闆微笑說道：「反正我常常通宵。」

「打給我也可以。」John也說道，完全忘記潘崇文並沒有他的電話。

心一暖，潘崇文默默的咧嘴，感動得微笑。第一次看到這個笑容，John浮誇的驚呼連連，小老闆暗自驚喜，再次鼓勵：「別怕。回去看看，你身後還有我們。」

小老闆和John留下來的溫暖圍繞在心頭，心底的恐懼卻隱隱作祟。踏板越踩越快，潘崇文越發混亂，陷入一個循環。潛店的人接受了自己的祕密，那陳紫潔呢？那個讓他反常的女孩，能包容真正的自己嗎？如果她在，又該說什麼？不，前提是她在，她能接受嗎？

潘崇文忘記自己是怎麼騎完臺十一線，又抵達車庫，回神時，他已經停下腳踏車。事到如今，潘崇文已經無法深入思考任何事情，唯一能感知的只有不斷加速的心跳。他制式化的將腳踏車電池充電，把背包內的髒衣服丟入洗手檯泡水，隨意壓了幾下清潔劑。拉上背包後，一如往常，將之放進收納防寒衣的衣櫥內。

他打開通往樓梯的木門，腦中閃過一個想法「如果繞道另一側看客廳的燈，就能知道紫潔還在不在」，他全身一顫，放棄這個立即應證的方法。可心跳越發劇烈，似乎就要從他的口中飛出。潘崇文用力按著心臟，焦躁全過掌心傳至腦中。

橘黃的燈光下，潘崇文一步步踏上階梯，心跳聲已不再占據腦海，但整個樓梯迴盪著他急促的呼吸聲。口罩像醫院的呼吸罩般，隨著每一次呼吸，緊貼口鼻，又微微浮起。他下意識摸了摸口罩，深怕它就這麼鬆掉。

停在家門前，猶豫了許久，潘崇文終於緩緩拉開家門。

一片漆黑迎面撲來。他整顆心都沉下去了，剛才的溫暖無法支撐現在的失落。潘崇文也沒心思聯絡小老闆，關上門，呆愣在鞋櫃旁，任憑徬徨與失望將他團團圍繞。

忽然，屋裡傳來開門的聲音，房內的電燈在走廊上照出半圓的光明，一個黑影透出頭來，小心翼翼的問候：「你回來了嗎？」

潘崇文急忙開燈，看到陳紫潔穿著睡衣，正躡手躡腳地朝自己走來。潘崇文驚喜得慌了手腳，只能感激的說：「我回來了，抱歉，又拖這麼晚。」又一次確保口罩還在。

陳紫潔見到手腕上的勒痕，心急問道：「你的手，怎麼會這樣？」

潘崇文下意識用另一隻手掌蓋住勒痕，反倒讓陳紫潔看到另一個勒痕。不等陳紫潔問，潘崇文不好意思的笑道：「剛剛遇到喝酒的路人發酒瘋突然跑來糾纏，所以起了衝突。」

「他怎麼下手這麼重！」陳紫潔心疼的看著傷口，才注意到潘崇文的衣服滿是塵土，

「你和對方打架嗎？」

「嗯，算是吧……」

潘崇文尷尬的笑了笑，發覺陳紫潔欲言又止，也不敢直視他。他才想起，陳紫潔可能已經知道自己是男人的事。也是，只要多翻一下，櫥櫃的內褲或是浴室裡的衣物都能輕易證明。

「妳還好嗎？」

「我不知道，該怎麼說……」陳紫潔望著自己與潘崇文之間的地面，扭捏的說：「我原本想問你一些事情，但是你這樣受傷回來……我不知道……」

「妳拿回手機了嗎？」潘崇文用他最溫柔的口吻掩飾不安，總有個念頭拚命質疑，陳紫

潔之所以還在，可能是想勸他當個正常人。

「對，而且……對不起，我亂翻你的衣櫥，看到一些東西。」

「沒關係，我才抱歉，我不知道怎麼跟妳說……」潘崇文溫柔的說著，「對不起……我連這個聲音都不是真的……」潘崇文又咬著牙，清了清喉嚨，用真正的聲音苦笑道：「我真的很奇怪吧？知道的時候是不是覺得很噁心？」

「你不要這樣，幹嘛說這種會讓自己難受的話。」陳紫潔控訴似的望向潘崇文，緊皺著眉頭，傷心的說：「我是很驚訝，我知道你是男生的時候真的很驚訝，但你就是你，和裝扮或是性別都沒有關係。」

那一瞬，他曾認為堅不可摧，將他悶得快要窒息的心牆破了。潘崇文像洩了氣般坐下，鼻頭一酸，告解似的說：「我真的不理解自己到底是什麼……四年前，被發現，被唾棄，被霸凌的時候，我逃走了。但是，這些年來，我只確定知道自己是男生，還是不知道我為什麼渴望扮女裝。」

一時間，陳紫潔不知如何是好，只能蹲在他的面前，說：「帶頭霸凌我的人說是因為我成績差才霸凌我，但我知道那只是藉口。霸凌你的人也是，那些都只是藉口。」

「我知道，只是我沒辦法反駁，因為我不知道答案是什麼。」潘崇文渴望救贖的抬起頭來，求救道：「無法被歸在某個族群，沒有定位的感覺真的很無助。我想做些什麼了解自己的話，又覺得很害怕。好像一不小心就會證明，這世界真的沒有我的容身之地。」

「不，你有。」

眼前明明是個大人，陳紫潔卻深深感受到他脆弱而無助，她想說些什麼，卻浮現婆婆的話。倘若，潘崇文是代替房東被困在這裡，那他的容身處到底在哪？猛然間，她理解了潘崇文背負的孤寂與絕望。

「婆婆說沒有人能完全了解別人。那對自己也是吧！你總有一天會了解自己的。」

淚珠頓時奪眶而出，潘崇文嘗試擦拭，淚水卻像潰堤似的不斷滑落，連鼻子也塞住了。潘崇文摘掉了的口罩，張著口急促的換氣，縮起身子毫無妨備的掩面抽泣。

陳紫潔越看越心疼，忍不住上前抱住他。不久，哭聲只剩下一抽一抽的啜泣，潘崇文腦袋微微發脹，眼裡只有女孩潔淨的頸部與鎖骨。他無法思考女孩為何如此，心跳聲卻拚命鼓譟，聲音越來越大，一股燥熱與快感在身心橫衝直撞，失控的直衝頭頂，大肆宣傳那尋盼已久的答案。

這領悟太過刺激，連頭皮都微微發麻，潘崇文睜大雙眼，慌亂的輕輕推開陳紫潔。對上國中少女不解的神情，過度高亢的情緒立刻轉成羞愧，他沒時間多做解釋，旋即曲背起身衝回房間。

「不是吧……」潘崇文用氣音懊惱的吶喊，倚著門板滑落坐下。燥熱已經消散，殘留的喜悅抵禦不了羞恥心與悖德感的聯擊，身心快速冷卻僵化，腦裡滿是譴責。「我怎麼可以……她……我憑什麼……」

這份情感是從什麼時候開始的，他不清楚，但許多事情終於得以解釋。他現在只想知道，這幾天的執著與佔有慾是情愫作祟，還是他真的為陳紫潔著想。

若這真是愛情，他該如何是好？

忽然，腦海裡響起小老闆的話。潘崇文頓悟了，這就是他明明認同小老闆，卻自知無法放手的原因。「小老闆那時候就感覺到了嗎？……」潘崇文難受的苦笑，沒想到別人比他更了解自己。

「你，還好嗎？」門外傳來陳紫潔的關心：「對不起，突然抱你。我是不是嚇到你了？」

「沒有，只是，我……抱歉，我想先休息了，對不起。」潘崇文想起自己剛才狼狽的模樣，唰的一下變得面紅耳赤。

「嗯，晚安。」

第十章

「潘小弟，你長大了。」

聽到呼喚，潘崇文睜開雙眼，眼前只有那位亞特蘭提斯的居民，四周盡是無法辨識的黑暗。他指著潘崇文道：「看看你雙腿上美麗的鱗片，你終於成為亞特蘭提斯的居民了。」

潘崇文低頭一看，驚覺雙腳上布滿魚鱗，腳掌也變得像尾鰭一樣。然而，他沒有一絲喜悅，反而慌忙解釋：「不，我找了好幾年了都沒找到……」潘崇文話沒說完，亞特蘭提斯的居民便出聲打斷，示意潘崇文往身後看。

一轉身，柔和的白光迎來，白光之下，一座壯麗的城堡矗立在圓形土地上，以它為中心，還有三圈環狀土地，彼此之間是被海水填滿，並以石橋相連。傳說中把水晶作為能源的高度文明，終於出現在潘崇文面前。

內心的激動無法言喻，潘崇文立刻朝底下游去。豈料，所有的海水瞬間蒸發，熱氣如水沸冒出的白煙朝他襲來，他雙手擋禦在面前，直到灼熱的水氣消失，才緩緩張開眼睛。

亞特蘭提斯城消失了，只剩下殘存的積水，與一道道寸草不生、土色深淺不一的同心圓，坐落在沙漠之中。潘崇文一驚，他見過這個，撒哈拉之眼。一瞬間，他失重下墜，眼中只剩一片純藍，心中卻只有震驚與恐懼。

直到他右腳抽搐了一下，潘崇文才猛然睜開雙眼，心魂未定的盯著天花板。他嘗試入睡，三個小時後，又突然醒來。眼看太陽就要升起，潘崇文放棄睡眠，走向客廳，在落地窗前坐下。

晨霧籠罩著海洋與砂岸，一切都上了一層迷惘，引人遐思。潘崇文知道過不了多久，陽光會刺破這層濾鏡，他不奢求永存，只是希望它多停留一下。

陳紫潔打開房門，走到客廳。見潘崇文躺在落地窗前沉沉睡著，柔和的日光灑在中性款式的絲質睡衣上，看起來更加柔順發亮。第一次看到潘崇文素顏，陳紫潔有些驚喜，再三確認潘崇文一動也不動，便壯大了膽子盯著端詳。

原來，他的髮色是純正亮麗的黑，原來那雙羽毛般的睫毛是與生俱來，原來抹去濃妝之後，皮膚還是一樣白，原來真的有男人可以長得如此俊俏動人。陳紫潔好想告訴他，他就算女裝也不必化妝，原本的模樣就很美了。

過了半晌，陳紫潔起身離開，正想回房裡拿涼被來，潘崇文醒了。

「早，早安。」

兩人幾乎是同時打了招呼，一股尷尬瀰漫著。陳紫潔在意剛才的行為，不由得有些害羞，潘崇文就更不用說了，他沒想到自己居然就這樣睡在地上，還讓她看到了睡相。直到兩人吃完早餐，不自在的氣氛才逐漸消失。

看著陳紫潔洗碗的背影，潘崇文儘管千愁萬緒，卻還是做出一個大人該有的決定。她洗完餐具時，喚道：「小潔，有件事要跟你談一下。」陳紫潔毫無頭緒，他們之間有太多事情可以說了。默默拉開椅子，坐在潘崇文對面，等他開口。

「我昨天看到妳父母在找妳的新聞了。」潘崇文一說，陳紫潔才意識到昨天自己的心思全放在潘崇文身上，拿到手機卻連開機都沒有。「他們很擔心妳，妳媽媽還哭著向妳道歉，希望妳趕快回家。妳，想回去嗎？」

這個自然是好消息，雖然有些內疚，陳紫潔終於確定父母沒有放棄她。可是，真的能回去嗎？陳紫潔困擾的問：「我不知道，我不想讓他們難過，但是，他們並不在乎我的想法。如果回去，我是不是就要這麼被控制到成人，甚至更久？」

「妳是指體育班那件事嗎？」

這話喚起陳紫潔當時的委屈，她哀怨道：「他們覺得我以後賺不了什麼錢，可是，這是我的人生，我喜歡運動……」怯怯的看著潘崇文，希望得到認同。

「小潔，我未成年就蹺家了，我想我有些東西可以跟妳分享。」潘崇文說著，卻沒有看向陳紫潔，他側著臉，眼睛半闔幽微的望著家門，道：「有時候，我們做一些決定是想接受自己，對嗎？但如果妳成功的定義與一般大眾不同的話，妳越努力，只會讓人覺得你越落後越失敗，是社會的底層。」

「這些努力能換來什麼，妳知道嗎？」潘崇文突然轉過頭來，微笑問道。陳紫潔搖了搖頭，從剛才的敘述中聽不出什麼好事。

「說不定，真的可以獲得比較快樂又自由的人生。我就是這樣，離開他們的這四年，一切自己做主，很自在。」潘崇文雲淡風輕似的溫柔說道。

陳紫潔睜大眼睛，沒想到潘崇文居然肯定這個想法。然而，潘崇文話鋒一轉，又說：「可是，這是人生中最大的賭注，一旦失敗，可能要放棄夢想又要過得很痛苦……」

「我不是要妳放棄體育，小潔，但妳需要其他專業，告訴他們妳能養活自己。」潘崇文淡淡說道：「他們會這樣找妳，就表示他們在乎的是妳，妳只要能衣食無缺，他們不會說什麼的。」

聽了這麼多，陳紫潔稍稍明白父母反對的原因，內心仍有些不甘，問：「你也覺得我該回去嗎？」

潘崇文心抽痛了一下，別過頭，咬緊牙關，還是低聲說：「……我希望妳能回去。……這種想法和你爸媽反對你讀體育班很像，我不希望妳被社會排斥。」潘崇文自以為做好心理建設，卻沒想到這些話竟像迴力鏢一般，擊中目標，又飛快回頭，扎扎實實的插入心臟。他不希望氣氛沉重，逼自己露出笑容，說：「抱歉，這就是大人自以為是的關愛。」

「那你呢？」

「我會繼續尋找亞特蘭提斯吧！」潘崇文說著，笑得瞇起眼來。

陳紫潔知道潘崇文有意迴避問題，她不好追問，改口問：「如果我回去，以後還能跟你見面嗎？」

「這我就不知道了。」潘崇文笑道，伸手摸了摸陳紫潔的頭，「我的房東說過，人生就像海上的船，大多都是孤身一人，偶爾會與人擦肩。有時有些驚喜，有些意外。這樣的人生才好玩，對嗎？」

陳紫潔笑了，問道：「那我是驚喜還是意外？」

「不好說。」潘崇文露出意味深長的微笑，又問：「那妳的決定呢？」

「回去吧。你都這麼說了，我會努力和爸媽聊聊。」

得到理想的答案，潘崇文的心卻煞風景的抽痛著，儘管如此，他還是很開心，至少陳紫潔願意回去面對。他無法想像，沒上完義務教育又未成年蹺家，在自主獨立前將過得多辛苦。

「我送你到臺北吧！」潘崇文平淡的提議，陳紫潔神色驚慌，拒絕道：「帶我去火車站附近就好了。」

潘崇文清楚，送她回去勢必會被苛責，或許還會被送去警局。可是，他不想逃了。既然她以大人的身分說了多冠冕堂皇的話，就該為自己的衝動付出代價。

「畢竟是我接妳來的，我送妳回去。」潘崇文淺笑道：「別擔心，妳先打電話回去說一聲，我們下午搭車傍晚左右會到臺北車站。」

※

天亮不久，王建豪開車，載著黃郁雯北上。王建豪和學生感情都不錯，畢業後也常在臉書上留言關心，卻沒想到畢業後第一次見面就是為了潘崇文的事情。車廂內氣氛尷尬，瀰漫著未說出口的擔憂和不安。

黃郁雯看到新聞之後，心就一直懸著，不時想起自己與潘崇文的事情。眼看車子上了64快速道路，離目的地不到半小時，她壓不住不安，含著歉意說：「其實，在你找潘崇文去辦公室之後，我也有和他聊過。」

「是嗎？妳跟他說了什麼？」

「那時候，我要他不要在意霸凌就好。潘崇文卻說他不覺得穿女裝可恥，他其實想說些什麼反駁。但他沒辦法，他怕以後發現他真的想當女生。」黃郁雯哀怨的望著前方，王建豪用餘光就能看見。「我那時完全不懂他的心情，我還跟他說『你可以就先當個單純喜歡女裝的異性戀啊。只要你跟他們說，跟我在一起了，這些問題就解決了，我也更有立場幫你說話。』」

「妳是想幫他吧！」

「我當時是這麼想的，但他突然消失之後，我才發覺我根本是趁人之危。」黃郁雯難受的說：「在他眼裡，我一定是個告白失敗又不放棄，還想利誘他交往的爛人。」

「我不能跟妳保證是或不是。」王建豪按了一下喇叭，超過一臺龜速的老轎車後，繼續說：「但妳說的這些，潘崇文都沒跟我說，所以和我比起來，他是比較信任妳的。如果妳真的覺得抱歉，就和他本人道歉吧！」

王建豪這句話也是說給自己聽的，他想為自己的軟弱與無能向潘崇文道歉。

這時，中正一分局偵查隊正因為調查陷入瓶頸而苦惱。整個辦公室氣氛凝重，李善德忍不住從樓上走到派出所透透氣。一名年輕警員一看到他，立刻問：「善德哥，你看新聞了嗎？國二女生的那個案子。」

「今天不就是重播嗎？」李善德回答。儘管案情卡關，他還是不太支持鬧上新聞。然而，既然隊長判斷線索不足，希望讓民眾注意這個案子，提供線索，他自然無話可說。

「善德哥，媒體真的很有趣。」年輕警員興沖沖的指著手機螢幕，說：「你看，明明是同樣一個案子，滿天新聞臺的電子新聞居然打『網友誘拐國二女一起尋找失落國度？』，這種標題也太聳動了。」

李善德無奈的嘆了口氣，就是有滿天電視臺這種惡質媒體，仗著ＮＣＣ管不了電子新聞，總是用聳動標題與未查證的推測博得關注。他接過手機，稍微滑動內容，事件果如他所預料的，那名涉嫌的網友被描述成疑似患有精神障礙的女人，瘋狂崇拜亞特蘭提斯，還利用話術拐走女國中生。

「嘖！垃圾媒體。」

李善德把手機還給年輕警員，他無法按住脾氣看完誇大不實的內容。朝門口一看，一對男女直直走進警局。

「請問，國二女學生的誘拐案，是你們偵查隊負責的嗎？」黃郁雯問道。

「對，有什麼事嗎？」李善德回答。

「妳們在找的是不是這個人。」

黃郁雯打開手機，亮出幾張高中時期側拍的潘崇文照片。一看確實與畫像非常相似，李善德訝異的反問：「妳怎麼知道？從監視器能看出來的嗎？」

「不，我是從推特拼湊畫像的。這個男生是我高職的同學。」

「男的？」李善德正眼一看，才發現這個孩子穿著男生的制服，不自覺面露嫌惡。

「沒想到臺北的警察會這樣性別歧視。」王建豪插嘴道：「你這樣我要怎麼相信你會好好偵辦？」

「你是？」值班警員問道。

「我是他以前的班導。」王建豪回答後，敵視李善德道：「你剛才是因為這孩子男扮女裝，所以露出那種表情吧！你這樣辦案不會先入為主嗎？」

這麼多年來，李善德第一次被質疑辦案不公，多少受了點打擊。縱使他再討厭同性戀或是陰柔的男人，也不曾因此影響辦案。「不，我們都是秉公處理。」

「你露出那種表情，難道就不是因為反感嗎？」王建豪警告道：「我們來這裡不是為了那個女學生，是為了拉潘崇文一把，如果你們這樣我寧可不提供線索。」

聽到自己一瞬間的表情竟然影響偵查，李善德想起薛瑞琪說的思想審查，他頓時理解那是什麼感覺。他自知理虧，說：「抱歉，讓你覺得不舒服，是我有態度不好。但是，我們警方一定是秉公處理，如果你們有這個男孩的線索，請務必提供給我們。」

「我知道他的姓名和以前的戶籍地，但是，我要先做筆錄，簽名確認之後，我才要提供。」

李善德猶豫了幾秒，最終還是答應了。把王建豪請到辦公室最裡面的位置，輸入基本資料後。王建豪卻先問：「你應該覺得很奇怪吧？怎麼會有老師為了一個早就不歸他管的學生這麼認真。」

「確實如此。」

「因為，他會變成現在這樣，我要負一些責任。」王建豪語帶悔意的說出潘崇文母親來找他之後，潘崇文遭到全班男生霸凌的經過。即便李善德無法接受男孩子扮女裝，還是能想像潘崇文的無奈和無力。

「或許是因為這個祕密，那孩子不太與人接觸，給班上的形象就是個神祕的優等生。」王建豪盯著電腦螢幕，懊惱道：「我那時以為他是個高傲成熟的孩子，以為他不會在意那些幼稚的言詞，或是哪天就會反抗，結果他只是默默承受，因為他不知道怎麼反駁。」

「你當時沒有幫他嗎？」

「我找了很多資料想了解他，但是他不信任我，所以幫不了他。後來，他就蹺課逃家。」王建豪說到這裡，口氣突然變得哀痛，「他消失後，有個陰柔的男國中生跳樓，上了新聞，葉永鋕的事情又一次被拿出來教育大眾。可是，大眾不知道自己的惡意多可怕，不管故事多悲慘，人們都不會發覺是環境把那個學生推下去的。」

李善德清楚他的意思，社會上確實還有很多惡意，所以他從不針對那些事情發表言論。他知道自己再反感，他們也是人類，怎麼可以迫害他們。

「所以，你是因為良心不安才覺得自己有責任？」

「不是。」王建豪感傷的說：「我希望自己有資格當他的老師。」

李善德自認沒立場說些什麼，但很高興年輕的老師中仍有這樣的人，也暗自感慨，薛瑞琪那樣強勢的老師，如果能有王建豪一半的熱忱，那女孩或許就不會蹺家了。

師生倆離開後，警方憑著潘崇文老家的地址查到他的身分證字號，又一步找到他現在的戶籍。

「居然在臺東。」

李善德喃喃低語，打算聯絡檢察官開搜索票，直接到住處逮人。這時，警局電話響起。

「我是陳紫潔的父親，李善德偵查佐在嗎？」

「我是。」

「紫潔打電話說要回來了，她說今天傍晚會到臺北車站。」

李善德一聽，追問：「她還有說什麼嗎？」

「她還有說，是那個網友要她先打回來報平安的。但我問她是不是自己回來的時候，電話就斷了，回撥直接轉語音信箱。」陳士仲口氣冷靜卻難掩擔憂。

「好，陳先生，你先不要緊張。我們剛掌握到嫌犯的住所，有消息會立刻聯絡你們。」

電話那頭，陳士仲難掩訝異，這幾天下來，老詹那都沒有新消息。他從未想到警方能比徵信社更早找到人。

「嗯，麻煩你們了。」

「不會，這是我們該做的。」

掛掉電話，李善德立刻上樓。

如果陳紫潔沒說謊，那無論檢察官來不來得及開搜索票給當地警局，今天一定能找到陳紫潔。這表示他還有一個任務，要準備公文查出潘崇文的工作單位，如果他沒現身，之後也能循線找人。

發現破案曙光，李善德精神振奮。可能是大腦怕他得意忘形，李善德突然想起王建豪的指責，不自覺放慢腳步。

「不，這是我的職責。……你可能真的沒有惡意，但國有國法，你終究需要負起責任。」

第十一章

訂製的防寒褲，服貼的裹住臀部與雙腿，側邊的暗紅色壓出修飾過的曲線。潘崇文上半身一絲不掛的站在鏡前幾分鐘了，興奮與罪惡感交纏心頭。一抬頭，看到氣窗霧面的玻璃，想到早晨的景色，潘崇文終於穿上雙肩暗紅的水母衣。選購時，他避開藍綠色系，還擔心引人懷疑，可事實證明只是多慮。

穿好防寒上衣，腰部的暗紅色塊與防寒褲側邊完美相接，潘崇文端詳鏡中的自己好一會兒，微微點頭，卻又告解似的呢喃：「再一下就好。」

走出休息室，轉入辦公室，裡頭只有John一人。「Peter，你帶她來喔？」

「嗯，她說過想看海底的樣子。」潘崇文帶著淺笑淡淡的說，拿出陳紫潔的手機麻煩John幫忙充電。潘崇文接過手機就一直收在抽屜，直到那天還給陳紫潔，他也沒想到手機已經快要沒電，今早電話沒說完就關機了。

休息區的桌上擺著面鏡和蛙鞋，陳紫潔坐在椅子上，已經換上出租用的防寒衣。雖然比不上訂製的，但好歹是本土的I牌，易磨損處都有加工外，還用色塊做出腰身。小老闆和她閒聊幾句後，潘崇文踏出辦公室，朝他們走去。

「怎麼樣，很帥吧？」小老闆低聲問。

陳紫潔點了點頭，潘崇文身體精壯，防寒衣緊緊包覆下，化作曲線表露無遺，再加上那長相，真的很帥。

趁著還有些距離，小老闆喊道：「Peter，她覺得你很帥！」潘崇文身子一顫，肯定害羞了，但陳紫潔沒能發現。看他故作冷靜的走來，小老闆沒有作罷，轉頭跟陳紫潔說：「妳今天潛水的費用是他付的，如果等等他來的時候，妳對他說『你這樣很帥』，我就不收錢。」

話剛說完，潘崇文剛好走到兩人面前。陳紫潔立刻笑道：「你這樣真的很帥。」

潘崇文頓時又驚又喜，但很快就想到是誰的主意。他克制嘴角不要上揚，反而讓它有些扭曲，便乾脆摀住嘴，不太流暢的說：「你不要亂教小孩。」藉口要拿裝備轉身離開。

「他不喜歡嗎？」陳紫潔問，心想是不是應該要用女性化的形容詞。小老闆心滿意足的笑答：「我覺得不是。」

不久，潘崇文提了兩支氣瓶過來，John走在前方，放下兩組調節器和B.C.D，又轉身回去拿鉛帶。潘崇文淺笑著招陳紫潔過來。

「我先教妳一些基本的東西，再帶妳體驗潛水。」陳紫潔點了頭，潘崇文擔憂的說：「但妳要答應我，以後不可以再去體驗潛水，那是把妳的命交給別人。」

「是啊！不要隨便把自己交給別人。」小老闆壞笑的說，潘崇文猛然明白，害羞別過頭。「妹妹，體驗潛水就是妳什麼都不會，一切只能靠教練，如果遇到不好的就完了。以後想潛水就去學正規的課程，拿證照。知道嗎？」

陳紫潔再次點頭，小老闆便默默後退幾步，看潘崇文向陳紫潔說明裝備與手勢，還有摘下待客面具後的表情。

小老闆可以想像，潘崇文盡力將罪惡感壓在心底，但想要予以關愛、為之付出的情緒趁機放肆，直衝他的心頭，催促他靠近女孩。幸好，在內斂的本性面前，任何情緒都不敢造次，濃烈的心意就這麼被稀釋，濾成適可而止卻一反常態的笑顏。若真要說個踰矩之處，一定是他的口吻太過輕柔。在小老闆聽來，與其說是教學，不如說是親人的叮嚀。

乍看之下青澀可愛，看久了卻不由得心酸。

不久，John拿著鑰匙迎面而來，問：「小老闆，你要讓誰載他們去潛點？」

「我去吧。」小老闆接過鑰匙，John皺了皺眉，壓著小老闆的肩膀一起背對兩人，低聲問：「我們不是不做體驗潛水嗎？」

「是啊，今天特別破例。」小老闆燦爛的笑答。

秋陽高掛的藍天下，兩人穿著防滑靴行走礫岸，腰上綁著鉛帶，背上是十幾公斤的水肺裝備，還未下水，汗水已沾溼身體。偶爾擦身的海風，只有額頭能享受。

潘崇文先下水，穿上蛙鞋，看著陳紫潔小心翼翼的放低身子，螃蟹般橫走，緩緩入水。趁著深度尚淺，潘崇文又一次詢問：「你前兩天才生病，身體沒問題嗎？鼻塞也不行喔。」

「沒問題。」

「好吧！那再確認一次操作。」

確認陳紫潔可以控制B.C.D.的洩氣充氣，也能尋回二級頭後，潘崇文又問：「面鏡排水和耳壓平衡都沒問題吧？一邊下去要一邊耳壓平衡，不舒服立刻比手勢，好嗎？」

潘崇文再三確認，陳紫潔答應後，忍不住笑道：「你真的很細心，給你帶一定很安全。」

突如其來的誇獎，潘崇文抿了抿嘴不讓嘴角上揚，再次強調：「不是每個人都這樣，所以才叫你不要體驗潛水。」陳紫潔又笑著稱是。

「帶面鏡還笑這麼開心，小心等一下進水。」

說完，潘崇文別過頭，領著陳紫潔往深處走去。第一次負重飄在踩不到底的深度，陳紫潔也不敢嬉皮笑臉了，按照指示換上二級頭，舉手洩氣，緩緩下潛。

此時深度大約兩米，陳紫潔勾起雙腳低頭，適應用二級頭呼吸。潘崇文就在他的前方，潛得比她更深，確認她沒有任何不適後，再次提醒要耳壓平衡。潘崇文按捺著情緒，牽起陳紫潔的手，慢慢游向深處。

低著頭，陳紫潔離開鵝卵石區，越過幾顆布滿水草的大型岩塊，不同品種的小魚，稀疏游過。才一下子，她的注意力離開無趣的岩石與沙地，沿著相連的手臂，潘崇文下手臂的暗紅色塊若隱若現。

潘崇文直視前方，二級頭排出的空氣瞬間結成無數的泡沫，從兩側上飄消散。這一刻，新奇又陌生，明明是認識的人，卻無法發出任何聲音，確認他的任何情緒。陳紫潔頓時明白，把自己交給別人就是這種感覺。她不由得握緊潘崇文，潘崇文立刻將手握得更緊，手掌傳來的體溫比水溫還高。

黑色裙襬，紅色的鋁框，透明的鏡片，擔憂的目光，一一回頭。她一瞬間就明白，這人在緊張，怕她在海底出事，她趕緊比個手勢報平安。

不知離岸多遠，鵝卵石與沙地消失，水深漸增，潘崇文鬆開手，游到陳紫潔上方，抓住氣瓶閥，拎著她繼續前進。與幾條掌心大小的魚相遇不久，相連的巨岩擋在面前，陳紫潔還來不及徬徨，潘崇文已經下潛，熟門熟路的找到不及一米寬的狹縫。

陳紫潔緊張得不敢動彈，以接近半跪的姿勢被拎著，兩人一上一下穿過黑暗的岩縫。緊接著，繽紛炫目的珊瑚礁漫入眼中，黃藍橘綠，或成片狀或如樹枝或如繁花。正午的陽光穿透水面撒下，一切更加鮮豔。水深四米的祕境中，幾種小魚成群而行，或左右或上下交錯，陳紫潔緩緩伸手觸碰，幾隻魚擺動尾鰭躲開，換個位置跟隨同伴與陳紫潔擦身而過。

此時，潘崇文再次鬆手，與魚群逆向，繞過陳紫潔側身。兩人面對著面，在光線下，潘崇文邀請般伸出左手。他微微傾首，眼裡的笑意帶著羞澀，一瞬間，陳紫潔怦然心動，在這絢爛的場域，此舉巧妙的浮誇，勾得少女的內心喜悅高漲，催促她遞上右手。兩人的指尖輕輕撩過對方掌心，再次牢握，掌心相連，潘崇文偏高的體溫默默傳來。

潘崇文輕輕揚起嘴角，示意她前傾平趴後，牽著她並肩而行。兩人貼著地形前進，與身下美麗而脆弱景緻保持安全距離。陳紫潔不嘗試下潛觸碰，也不踢蛙鞋，乖巧的接受帶領，只憑雙眼把美景納入腦海。

時間流逝，兩人的遊覽畫下句點，原路返回。

潘崇文比出上升的手勢，陳紫潔點了點頭，分段充氣，洩氣閥發出聲響時，她的頭已經離開水面。不到一秒，潘崇文也浮出水面，指示陳紫潔換上呼吸管，並從後傾推，幫助她飄向岸邊。

脫去蛙鞋站穩後，陳紫潔下意識回頭，潘崇文還在踩不到地的彼方載浮載沉。四目相交，潘崇文示意她上岸。

「小潔。」

陳紫潔還未完全轉頭，隱約聽到呼喚，又再次回眸。潘崇文確實有話要說，眼看他緩緩開口，一陣風吹來，耳中呼呼作響，把那些話推回潘崇文的口中。

「你剛剛說什麼？我沒聽清楚。」

潘崇文顯然猶豫了幾秒，才微笑說：「裝備很重，要小心，不要跌倒了。」

陳紫潔轉過頭，弓著身子，像學步的兒童，遲鈍而小心的踏出每一步。潘崇文真的覺得自己瘋了，就連她氣喘吁吁的上岸，都覺得可愛。他坦然接受油生的酸甜，緊接而來的罪惡感，告誡他不能形於顏色。

身旁的海水看似從容起伏，其實不安分的使盡推波，催促潘崇文趁勢接近女孩。但這與潘崇文連內心的洶湧都壓成了暗潮，這點慫恿不足以撼動潘崇文的理智。水珠附著肌膚緩緩向下，滑過充滿愛戀的眼，毫無波瀾的臉，停在微微抽動，漸漸苦澀的嘴邊。

「辛苦了！」小老闆說著，協助陳紫潔卸裝備，又問：「好玩嗎？」

「好玩，有一片很美的珊瑚礁。」陳紫潔笑答，解開四公斤的鉛帶，放入橘桶。

「這裡應該沒什麼人知道。」潘崇文說著，把氣瓶提上車廂。

小老闆替他把裝備裝入另一個橘桶，笑說：「這樣很好啊，人多就很容易被破壞。」

陳紫潔笑著稱是，忍不住打了哈欠，小老闆給她披上大毛巾，笑說：「好玩，但也很耗體力齁！」

潘崇文在一旁靜靜看著，女孩一顰一笑都能勾起他的嘴角。他不經意微微握拳，指尖滑過掌心的搔癢，提醒他剛才有多大膽，潘崇文不禁一陣害臊。女孩似乎沒放在心上，或許她壓根就沒有多想，這樣也好，若問起，他可沒有好的說詞。海裡的一切就留在海裡，就像海風阻止他說出口的那些話，潘崇文告誡自己不能得寸進尺。

而後，陳紫潔又打了幾個呵欠，小老闆笑著要她到後座休息，她就這麼聽著整理裝備的聲響漸漸入睡。

碰的一聲蓋上後車箱，潘崇文本想走到副駕，小老闆卻突然問：「剛剛在店裡，妹妹有跟我說你要送她回去，是真的嗎？其實你可以讓她去警察局就好。」

剛過正午的陽光刺得他瞇起眼，而潘崇文背著光，緩緩半闔雙眼，幽微的淺笑道：「因為，我不想逃了。」

不過幾天，冷漠怕生的孩子，已經長大成人，小老闆很是欣慰，然而，一想到原因，整個胸腔只剩心疼，還有一點寂寞。他自知無法參與，只能拍了拍潘崇文，說：「需要幫忙就打給我，知道嗎？任何事都可以。」

潘崇文微笑點頭，仍散發一些青澀，與他獨特的神祕，只是眼裡的徬徨已經不再。

回去後，各自進浴室盥洗。陳紫潔吹好頭髮出來時，潘崇文已在外頭等她。

潘崇文溫柔的淺笑，戴著深褐色的長直髮，穿著深灰色的女版短T和貼身的牛仔長褲，一如往常的美麗。「小潔，小老闆幫我們買好票了，差不多該走了。」他用偽娘音輕聲說著，手裡提著他與陳紫潔的背包。

陳紫潔大驚失色，卻還是壓低聲音，問道：「為什麼穿女裝？我的意思是，你這樣很容易就會被認出來……」

「不行，不行，這樣太危險了。」陳紫潔頻頻搖頭，不能接受潘崇文做這種事情，但潘崇文卻神色自若地拿出口罩安撫她，「我會戴口罩，別擔心。」

她怎麼可能放心，看到小老闆拿著車鑰匙走來，便上前求救：「小老闆，你快勸他，他明知道警察可能……」

「身體是他的，我管不了喔！」小老闆故作無奈的聳肩，提醒道：「時間真的要來不及了，快上車吧！」

第十二章

兩人魚貫走到座位，潘崇文本以為陳紫潔會順勢走入靠窗座位，沒想到她讓出空間，說：「我想坐外面。」潘崇文愣了愣，看著靠窗座位旁，模糊不清的倒影，正要開口，後方的人發出不耐煩的聲音，他一步步與鏡中的倒影相近，入坐。

陳紫潔隨之坐下，低聲說：「裡面比較隱密，你坐裡面才比較不會被注意。」

潘崇文莞爾一笑，正因為如此他才希望她坐裡面。一轉頭，一雙眼直勾勾的看來，畫了眼妝的雙眸蘊藏喜悅與緊張，心微微一顫，潘崇文猛然理解陳紫潔保護他的原因。兩張臉同時失去光彩，眼神同樣幽微，往下注視窗臺鋁製的銀邊。潘崇文還自信的以為，無論外表如何，他就是他，然而，一旦上岸，換上女裝，就連小女孩都替他擔心。

從花蓮北上的自強號列車發動。潘崇文稍稍提振情緒，往左一望，少女頭微微朝下，臉龐朝自己傾側，睡著了。柔順的烏絲從頭頂滑下，經過眼角垂到嘴角，遮去她半張左臉。緊閉的眼皮、細緻的睫毛，微張的嘴唇，近在咫尺。潘崇文忍不住伸出右手，想看清這張臉，突然，左手碰到兩人之間的把手，他驚醒似的收手，別過頭，窗上的眼神帶著譴責。

一片水田後，樹林、雜草與在電線桿間一格格呼嘯而過，農舍、檳榔樹與菜田毫無規則輪番出現，深淺不一的自然與突兀的人工色彩全來不及細看，胡亂衝入視線，為潘崇文腦袋添亂。

找到了答案的同時也找到了定位，可那之後呢？人生不是就此結束，最大的疑問被撥開後，通往四面八方的選擇全接在腳下的，密得他慌亂不已，儘管潘崇文心有所向，卻怎麼也無法判別，哪條才是最佳路線。

左側突然一沉，陳紫潔的頭靠到潘崇文身上。稍稍轉頭，女孩頭頂與鼻尖就在頰旁，下午的陽光從窗戶透進，被走道另一側的乘客稍稍阻擋，餘暉照在女孩身上，髮絲微微反光。這女孩實在過分，不經意間就越過阻礙，潘崇文忍不住會心一笑，看來自己還能被依靠。

餘光發現景色漸藍，離站後的第一個海景就在右側，潘崇文有些猶豫卻沒有轉頭，下一秒，樹林蓋住海景，民宅與矮綠林之後，海景再現，潘崇文還是盯著女孩。

他再次回想陳紫潔的舉動，露出釋然的淺笑。就是因為自己堅持穿女裝送她，她才會著急的想維護他吧！如果，這與女裝無關，是她重視自己而想設法保護的話……

妄想蔓延，潘崇文連忙告誡自己這只是基於她的貼心。他輕嘆一口氣，自知太過敏感，陳紫潔一個舉動就讓他心情忽上忽下。反觀陳紫潔，幾天下來，居然變成保護別人的那方了。

一想到這，潘崇文不由得擔心，自己帶給她的是好還是壞。一個想對國二女生訴說愛戀的成人，世人必定覺得猥瑣卑劣，而他明知如此，仍悖德的希望她心中有個位子屬於自己。

其實，潘崇文不希望陳紫潔是察覺自己的心意而改變。他已經盡其所能的壓抑，她若是知道那就是他低估了自己的情意。何況，如果陳紫潔真的知道，還如此溫柔，他會不小心失去分寸，會誤以為她願意，以為她心中有一絲情與自己相同。這樣，他怎麼可能不得意忘形，他會想直接帶她回去。

不，她肯定沒有。就算有，只要不說，潘崇文偏要認定這是自己的妄想。潘崇文嘆了口氣，他不能耽誤她的人生，不是每個人都能承受他這些年來的孤獨，而她才14、15歲。

潘崇文充滿歉意的望著少女，別過頭想看海景，火車正好進入隧道，玻璃如鏡，半透明的自己輪廓清晰，皺著眉頭，目光哀怨難受的譴責，事到如今怎麼還有這種想法。

一對目光正暗中鎖定兩人，他裝作普通民眾，站在陳紫潔後方座位旁，和其他沙丁魚一起擠在自強號上。拜低頭風氣所賜，他能正大光明的使用文字訊息聯繫指揮官。他，是受命埋伏的警員，車廂之內還有數個同仁，同樣肩負跟監潘崇文的任務。

因為旅客眾多，他意外站在絕佳的位置上，只有他能回傳清楚的畫面，並透過餘光與玻璃的倒影觀察。他本來提心吊膽，可發車後不久，少女在嫌犯身旁安心入睡，甚至隨著車廂晃動而倚到對方身上，嫌犯也並不排斥，初步判斷情況並不緊急。

車程過去一半，他從未鬆懈任何一秒，就怕情況不如預期，錯失拯救少女的良機。然而，這兩人毫無交談與互動，就像隨處可見的姊妹或朋友。嫌犯困擾的模樣，有些青澀，完全不像心懷歹念的惡徒，倒像電視劇上緊張的閨女。

警察愣了愣，收起剛才的聯想，差點忘了嫌犯是個生理男。何況，這種網友案件中，太常有年紀稍長的青少年或成人趁勢誘拐或意謀不軌，少女沒有行為能力，就算她無畏嫌犯，也不表示嫌犯毫無威嚇利誘。

列車離站，下一站就是臺北，車上乘客騷動，或起身拿行李，或喚醒同伴，幾個人神色急躁，恨不得立刻離開，彷彿多待一秒車廂就會炸裂似的。反觀目標，嫌犯猶豫半晌後，輕輕搖醒少女，提醒即將到站。

少女打了個呵欠，張望四周，迷迷糊糊背上包。一震搖晃，洩氣聲緊連著開門聲，到站了，眾紛紛起身，朝門口前進。走道上的人自然要先離開，他聽從指令，下車後與月臺上的同仁會合，待目標下車，繼續尾隨。

「小潔，打電話跟爸媽說一下吧！」

陳紫潔應了聲，撥出電話，張玉珊馬上就接聽了。「媽媽，我到臺北車站了。」

「東區出口？」陳紫潔沒有掛電話，轉頭說：「媽媽說他們在東區出口閘門等我。」

潘崇文點了點頭，陳紫潔牽起潘崇文的手，走出車廂。月臺滿是人潮，一停下腳步就會成為路障，陳紫潔想掛掉電話，母親卻不肯罷休，有一搭沒一搭的聊天。陳紫潔不好意思的朝著潘崇文點頭致歉，她失蹤多天，好不容易能說到話，想一直保持聯繫是人之常情。潘崇文無暇介意，他還不知道怎麼面對女孩的父母。

人潮推著兩人前進，陳紫潔下意識牽得更緊，旅客們幾乎是挨著肩膀前進。好不容易走上樓梯，兩人停下腳步。東區出口，左右都有閘門，右側有高鐵閘門，左側則可以通往商家、捷運，人潮從兩側分流，陳紫潔則四處張望，尋找父母的身影。

「紫潔！」

張玉珊揮手呼喊，夫妻倆站在左側閘門的人工剪票口旁。陳紫潔看到父母，一時心喜，鬆開和潘崇文相連的手，掛掉電話，朝張玉珊揮手走去。

抓準時機，一聲令下，一名喬裝成民眾的警員衝入人力剪票口，以身軀保護陳紫潔帶她離開。兩人來不及反應，好幾位便衣警察從四面八方包圍潘崇文，位於身後的警察迅速抓住他的雙手，幾個人合力將他壓制在地。陳紫潔還不清楚狀況，呼叫反抗，仍被這名警察從剪票口帶到閘門外，警察關上入口，擋在門前，才終於放手。

陳紫潔不甘心，轉身就想往回跑，張玉珊立刻衝上前抱住女兒。

「媽，放開我，妳先放開我。」陳紫潔說著，試圖推開母親。張玉珊不懂女兒為何回到自己身邊仍袒護嫌犯，悲從中來啜泣道：「不准去，我不准妳去找他！如果被挾持怎麼辦！」

「不會，他不會。」

張玉珊抱得更緊了，哭求道：「他是對妳下了什麼符？不准去！妳留在這裡。」

陳紫潔奮力扭動身軀，眼看潘崇文被警察圍繞，沒有掙扎，乖乖接受搜身。自責和心疼充斥全身，陳紫潔忍不住喊了一聲「崇文！」

兩人對上目光，潘崇文試著別過頭，不想讓女孩看見醜態。然而，他的臉頰緊貼地面，已經無法動彈，被迫盯著女孩焦慮慌亂的模樣。陳紫潔第一次喊出他的本名，潘崇文其實有些感動，只是，現在實在太過難堪，她任何一句話都讓他心如刀割。他無法承受這種屈辱，皺緊眉頭，羞愧得緊閉雙眼，咬緊牙關，提醒自己抓緊覺悟。

「你們放開他！他是好人！」陳紫潔不斷高聲喊叫，被無力感掐得滲出淚水。

「他不是！」陳士仲打斷女兒，聽她幫嫌犯講話，不由得怒火中燒。他擋在女兒身前，狠瞪潘崇文，說：「他怎麼會無辜，他偷偷把妳拐走，還把妳的手機關機害我們……」

「不是，是我要他帶我走的！手機也是我自己關機的！」陳紫潔拖著陳士仲的手，流淚哀求著，「他只是配合我的任性，爸！你叫警察住手，爸！」

「妳未成年，不管怎樣他就是犯罪！」陳士仲喝斥道。

陳紫潔持續替潘崇文辯護，但沒有一個人聽他解釋。幾分鐘後，警察抓著潘崇文走出閘門，陳紫潔再次呼喚他的名字，潘崇文沒有看向她，低著頭隨著警察的步伐。陳紫潔被母親牢牢抱著，只能眼睜睜看著他們離去。

※

桌上的手機一震，LINE有新訊息。宋君信正好用完餐，一邊擦嘴，一邊點開訊息：「君信，你現在還在北檢嗎？是不是你負責的啊？」以下還附了一個標題為「疑拐少女蹺家，『海版彼得潘』免坐牢」的電子新聞。

許久不見的同學一聯絡就是為了八卦，宋君信有點哭笑不得。若真的關心多元性別或是兒少的案子，查個判決書就知道了，顯然來者不善。宋君信回了一句「可惜不是，哈哈」，順手點開連結。

「今年十月，潘姓嫌犯疑似模仿童話彼得潘，誘拐國二女學生蹺家至臺東海邊。潘姓嫌犯男扮女裝，一度讓警方陷入瓶頸。警方得到線索追查真身時，少女突然聯絡家人告知返家時間，並在嫌犯的陪同下回到臺北。

事後，女學生家長請律師提告，臺北地院一審以準略誘罪判處10月有期徒刑，二審臺北高院認為，潘男行為並沒有值得同情憫恕的地方，但考量他年僅20出頭，尚年輕思慮不周，且與家屬和解，便維持原判，並宣告緩刑3年，全案仍可上訴。……」

宋君信沒有繼續閱讀文字，往下滑，出現潘崇文離開地院的側拍照片。一審的宣判日，宋君信有到場。那天，陳士仲代表出庭，看起來不是很滿意這個結果，礙於立場，宋君信就沒有和他打照面了。而潘崇文則是在律師陪同下出庭，他畫了淡妝，穿著白色的短袖上衣與過膝的黑色長裙，一頭樸實的黑色中長髮。

宋君信第一次見到他本人，也是第一次覺得男人美麗動人。他頓時明白，警方為何畫出長相，仍然誤以為他是生理女。

「我們還有機會。」

退庭後，律師十分沮喪，不知道是法扶的律師，還是潘崇文自己委託的，宋君信沒看過這個人。

「洪律師，你別介意，我相信你，也尊重法官判決。」潘崇文淺笑著安慰。這口吻令他意外。雖然不是重刑，但怎能如此平靜，宋君信從未見過得知刑責後，完全不惱不悅不哭不鬧的被告。硬要描述的話，那是個做好覺悟的模樣。

然而，這份覺悟沒有用上，二審時洪律師扳回一城，法官予以緩刑，潘崇文只要3年不再犯，就不會被關了。

當天，潘崇文穿著相同的白衣黑裙，聽完宣判，反應也和一審一模一樣。反倒是他身旁的律師，沒有高聲歡呼，但滿是笑意。另一側，陳士仲神色複雜，早早離開法庭。

雖然對陳士仲有些抱歉，但是，向偵查組的同事了解案情後，他由衷期望這可憐的孩子不要受罪。他本想在高院門外等潘崇文，想表達關心，卻不知該用什麼立場，說些什麼，最後還是作罷。之後，才從新聞上看到他走出高院的模樣。

記者們蜂擁而至，盡力伸長自家的麥克風抵在潘崇文面前。接下來，不外乎一連串失禮而尖銳的問題「你為什麼要誘拐未成年少女？」、「你有沒有話想對家屬說？」、「你現在不用坐牢了，是不是很開心？」、「既然你誘拐未成年少女，那你果然還是喜歡女人吧？」、「你為什麼要扮女裝？是為了誤導警方嗎？」

宋君信還以為潘崇文最起碼應該會受到驚嚇或是皺起眉頭，但他臉上依舊平靜，只淡淡澄清：「我是異性戀女裝者，和普通的異性戀男人一樣，只是我喜歡扮女裝。」

理性掃興的提醒，潘崇文也可能是雙性戀，但宋君信毫不在乎，看到這孩子找到自己的定位，他只願感受無比的欣慰。

然而，這是他自己的想法。宋君信不知不覺滑到文末，繼續往下就是留言區。他不想看到任何一則令他作嘔的言論，卻又好奇現在臺灣是否能坦然接受性別不安的人。過了半晌，手指仍在原處，他掙扎不已。

「不好意思，幫您整理一下桌子。」

宋君信沒能抽離情緒，皺緊眉頭瞥了服務生一眼，才稍稍應聲。服務生驚愕的一顫，趕緊收走空盤。

「怎麼了？表情這麼嚴肅。」

對面，陳士仲好奇提問，兩人面前都只剩附餐的咖啡。

「就，妳女兒事件的新聞。」宋君信苦笑道。

「是喔。」陳士仲盯著杯緣，伸手觸碰把手。平淡的說：「身為父親當然是不太甘心，但我也是學法律的，我尊重判決。而且……紫潔一直堅持他很照顧她，我就不想花時間在那個人身上了。」

宋君信清楚，陳士仲不讓檢察官起訴，而是自己提告就是不讓女兒和潘崇文見面。至少這一點，他達到目的，正因如此，他才能坦然接受。比起法律人，陳士仲現在更看重的是父親的角色。

無論如何，算是有個好結局了。宋君信暗自鬆了一口氣，又問：「事件之後，你們都還好嗎？」

「前陣子玉珊體檢出來，長期過勞讓她不太舒服，最後是辭職了，她打算拿個新證照再去找工作，有空的時間都會陪紫潔。」

「也好，健康還是比較重要的。」

陳士仲喝了一口美式，道：「紫潔就可惜了，這個年紀要進體育班太晚了，沒有人收。但是，我還是要讓她轉學，畢竟事情搞成這樣，我不想讓她在學校被說話。」

「那你呢？我之前說的，你想過了嗎？」宋君信問著，把牛奶倒入黑咖啡，乳白色大舉入侵平靜的黑，攪拌之後找到了平衡。

陳士仲靜靜看著對面杯裡的顏色變化，慚愧道：「這樣講其實很諷刺，因為那件事，我才深刻體會當事人在案件當下的無助。當然，民事和刑事還有差，但無力感應該是一樣的。」

「是啊！他們都是無可奈何才找律師爭取權益的。」

「所以，我還是會繼續當律師。」陳士仲不好意思的笑道：「現在的我有新的目標了。」

「嗯，很好。」宋君信一口喝完拿鐵後，拿起外套，拍了拍老同學的肩膀，「我還有案子，先回去了，之後再約。」

被留下的咖啡杯內，幾滴沒能入口的咖啡，緩緩沿著杯壁回流。

來不及傾巢而出的奶茶盡力流到杯緣，沒有封膜阻饒，依靠重力落入垃圾桶裡。那人放聲大笑後，帶著杯子與同伴離去，剩鄭佐成站在垃圾桶前，怯弱的盯著內部，微微伸出右手，又縮了回去，乾巴巴的望著桶內。教室的其他人靜靜看著一切，竊竊私語，不時摻雜笑聲。

副班長走進教室，不解的低聲詢問同學：「發生什麼事了？」

「他的班服在垃圾桶裡，不知道是誰丟的。」女同學說。

「陳紫潔之後是他嗎？」副班長望向鄭佐成，哀傷的說。

「別管他，別忘了陳紫潔失蹤那天，是他說陳紫潔是冷血動物還學蛇，超可惡的。」男同學不以為然的說。

「對啊！那時候連吳育奇都幫陳紫潔說話了，他真的很賤。」女同學跟著阻止道：「我知道陳紫潔的事情妳很自責，但這種人不要幫了。」

「他之前還幫忙欺負陳紫潔欸！他活該。」

「不能放著不管。」

眾目睽睽下，副班長走到鄭佐成身旁，望著被奶茶染色的班服，在衛生紙與包裝紙之上縮成一團。她二話不說，拍照存證，伸入桶內，抓出班服。全班一聲驚呼，鄭佐成滿臉詫異的看了看班服，慢慢對上副班長的目光。

副班長堅毅的說：「鄭佐成，走。」用另一手抓住鄭佐成就往外走。

鄭佐成不知所措的被拉著，一路跟到走廊旁的洗手臺。

「來！」副班長把班服被放到他面前，又遞上洗碗精和香皂。「衣服髒了就洗，愣在那什麼都改變不了。」

水源源不絕的注入班服，沖走奶茶與清潔劑大戰後的泡沫，污漬漸漸變淡，鄭佐成的神情也漸漸平復。

副班長平淡的提問：「倒飲料的人是誰？又是吳育奇？」

「這次動手的不是吳育奇，他只是站在旁邊看……」鄭佐成停下手，嘆了口氣，說：「還不是陳紫潔走了，不然我哪會這麼慘。」

「欺負你的明明是別人，你怪她幹嘛？」副班長不客氣的指正。

鄭佐成愣了愣，不解的問：「既然妳跟陳紫潔那麼好，那妳幹嘛幫我？」

「我只是跟她道歉而已，不知道她有沒有把我當朋友。」副班長有些哀傷的說：「反正，我答應她會幫助被欺負的人，就算是一種補償吧……」

「有什麼好補償的，她都轉學了。」鄭佐成不以為然的繼續洗刷衣服。

「這很好啊！」副班長笑道：「她現在變得很勇敢堅強，好像還在東北角學潛水。」

尾聲

六月，鳳凰花開，無論會考成績如何，畢業生只能趕快排出志願，等待放榜。陳紫潔成績比預期還好，如願得到一次獨自旅行的機會。

「要注意安全喔！」

張玉珊站在門口，陳紫潔穿好鞋子，應了聲，又擔心的問：「爸爸他……」

「他只是擔心妳，到了記得傳訊息報平安。」

答應後，陳紫潔關上家門。張玉珊轉身，對上陳士仲的視線，責備道：「做爸爸的這麼小家子氣，連再見都不說。」

「妳明明知道她去臺東是為了什麼。」陳士仲碎念道：「我就是不希望給他們有任何機會見面。」

張玉珊坐到陳士仲身旁，靠在肩上，說：「紫潔一直聯絡不上他，如果可以了卻這件心事不是很好嗎？你也希望她開心吧？」

「你不懂啦！」陳士仲別過頭，低聲說：「她是為了那個傢伙才認真讀書的，你以為我不知道嗎？」

張玉珊竊笑著，雖然當時很難過，陳紫潔還悶悶不樂好一段時間。畢竟是一家人，在那之後三人的感情更好了。陳紫潔轉學後成績不斷上升，更敢於表達自己，還培養了新的興趣。就她來看，那件事利大於弊，張玉珊甚至想和潘崇文道謝。不過，陳士仲絕對不會答應的。

幾小時之後，陳紫潔走出臺東火車站的閘門，看見小老闆站在不遠處朝她揮手。上車出發，小老闆問道：「沒想到妳真的去學了，一邊讀書一邊學潛水不會很累嗎？」

「不會，潛水很開心。」陳紫潔笑答之後，幽微的望著前方，摸了摸曾經繫在潘崇文身上的安全帶，說：「我一直有傳訊息給他，但他連已讀都沒有……他真的不見了嗎？」

小老闆應了聲，這是陳紫潔第三次詢問潘崇文的下落，但潘崇文確實已經辭職離開，他不算騙人。

「妳這次來有想要去哪嗎？」

「我想再去他住的那個房子看看。」陳紫潔說。

小老闆往右瞥了一眼，那女孩望著窗外，玻璃上映出寂寞的神情，令人心疼。暗自嘆了口氣，小老闆平淡提醒：「可是，他已經不住在那了。」

「沒關係……」陳紫潔低聲說，不敢太強硬。

小老闆不是不願意，只是怕她觸景傷情。他不知道潘崇文離開時抱持什麼心情，但肯定也不好受吧！而今看來，這份情感肯定不是單向的。無論是什麼形式，潘崇文已經在這女孩心中占有一席之地。

沿著臺十一線而行，音響流出陳紫潔沒聽過的民謠，一首首淹滿車廂，交替之時，露出沉默。不知道過了多久，景色逐漸熟悉，終於看到那棟令人懷念的建築。

車子開到沙地上，小老闆平靜的說：「接下來車子進不去了。」

陳紫潔點了點頭，解開安全帶，打開車門。

「要我陪妳去嗎？」

「不，我想自己去。」陳紫潔頭也不回，淡淡拒絕。砰的一聲，關上車門，獨自走上那條潘崇文曾載她騎過的樹林小徑。

走到盡頭，海岸邊的獨棟建築與記憶相同，微風吹起那年秋天零碎的畫面，一股酸澀湧上心頭。

「這裡是私人土地喔！」一位黝黑的中年大叔從岸邊走來，大聲警告道：「要玩水的話去石梯坪比較有東西可以看。」

「請問，有沒有一個叫潘崇文的人住在這裡？」陳紫潔試探的問。

中年大叔一聽，訝異的打量陳紫潔，恍然大悟卻又收起驚訝，板起臉說：「他已經離開很久了。」別過頭，轉身走進屋中。

陳紫潔猶豫了一下，走向岸邊，較遠處的巨岩仍屹立不搖，曾經練習海泳的砂岸已無足跡。跨過鵝卵石區，走入潮間帶，冰涼的海浪浸溼腳掌，她緩緩轉身，望向潘崇文坐過的地方，徬徨的思忖：那時，如果她溺水了，或許就能更早認識真正的他，之後的事情是不是也能有所改變？

淚眼婆娑之際，一陣海浪沖來，掏走腳下的沙，陳紫潔啪的一聲跌坐在地。海浪再次上岸，包圍她又退回海中。一時間，寂寞與思念捲成空虛的漩渦，陳紫潔再次抬頭望向潘崇文曾經佇足的地方。在眼眶打轉的淚水承受不了難過，在海聲中悄然落下。海浪再次上岸，白沫輕柔的包圍，安慰女孩，又在細微的破裂聲中，依依不捨的離去。

（全文完）

釀文學248　PG2539

人魚能不能上岸

作　　者	李　笭
責任編輯	喬齊安
圖文排版	黃莉珊
封面設計	王嵩賀

出版策劃	釀出版
製作發行	秀威資訊科技股份有限公司 114 台北市內湖區瑞光路76巷65號1樓 電話：+886-2-2796-3638　傳真：+886-2-2796-1377 服務信箱：service@showwe.com.tw http://www.showwe.com.tw
郵政劃撥	19563868　戶名：秀威資訊科技股份有限公司
展售門市	國家書店【松江門市】 104 台北市中山區松江路209號1樓 電話：+886-2-2518-0207　傳真：+886-2-2518-0778
網路訂購	秀威網路書店：https://store.showwe.tw 國家網路書店：https://www.govbooks.com.tw
法律顧問	毛國樑　律師
總 經 銷	聯合發行股份有限公司 231新北市新店區寶橋路235巷6弄6號4F 電話：+886-2-2917-8022　傳真：+886-2-2915-6275

出版日期	2021年3月　BOD一版
定　　價	300元

國家圖書館出版品預行編目

人魚能不能上岸 / 李等著. -- 一版. -- 臺北市：
釀出版, 2021.03
面；　公分. -- (釀文學；248)
BOD版
ISBN 978-986-445-453-2(平裝)

863.57　　　　110002196

讀者回函卡

感謝您購買本書，為提升服務品質，請填妥以下資料，將讀者回函卡直接寄回或傳真本公司，收到您的寶貴意見後，我們會收藏記錄及檢討，謝謝！

如您需要了解本公司最新出版書目、購書優惠或企劃活動，歡迎您上網查詢或下載相關資料：http:// www.showwe.com.tw

您購買的書名：________________________________

出生日期：________年________月________日

學歷：□高中（含）以下　□大專　□研究所（含）以上

職業：□製造業　□金融業　□資訊業　□軍警　□傳播業　□自由業

□服務業　□公務員　□教職　□學生　□家管　□其它_____

購書地點：□網路書店　□實體書店　□書展　□郵購　□贈閱　□其他

您從何得知本書的消息？

□網路書店　□實體書店　□網路搜尋　□電子報　□書訊　□雜誌

□傳播媒體　□親友推薦　□網站推薦　□部落格　□其他__________

您對本書的評價：（請填代號　1.非常滿意　2.滿意　3.尚可　4.再改進）

封面設計____　版面編排____　內容____　文／譯筆____　價格____

讀完書後您覺得：

□很有收穫　□有收穫　□收穫不多　□沒收穫

對我們的建議：________________________________

____

____

____

請貼
郵票

11466
台北市內湖區瑞光路 76 巷 65 號 1 樓
秀威資訊科技股份有限公司 收
BOD 數位出版事業部

....

（請沿線對折寄回，謝謝！）

姓　　名：____________________　年齡：________　性別：□女　□男

郵遞區號：□□□□□

地　　址：____

聯絡電話：(日) ________________________ (夜) ________________________

E-mail：____